ANTÍGONA,
A CONSPIRADORA

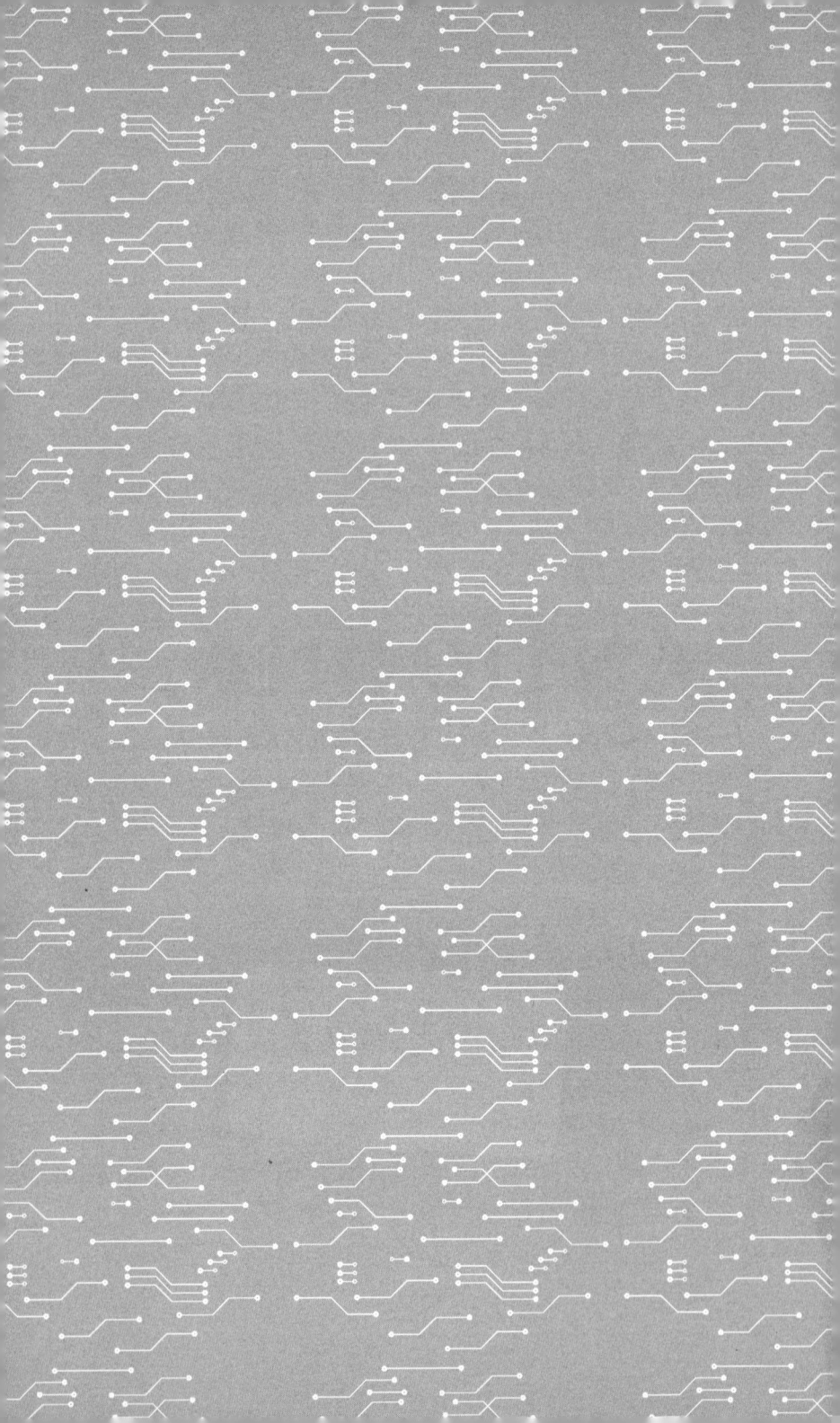

VERONICA ROTH

ANTÍGONA, A CONSPIRADORA

Tradução
Laura Pohl

Planeta minotauro

Copyright © Veronica Roth, 2023
Copyright © Editora Planeta do Brasil, 2024
Copyright da tradução © Laura Pohl, 2024
Todos os direitos reservados.
Título original: *Arch-Conspirator*

Preparação: Solaine Chioro
Revisão: Bárbara Prince e Tamiris Sene
Projeto gráfico e diagramação: Futura
Ilustração de capa: Pablo Hurtado de Mendoza
Design de capa: Katie Klimowicz
Adaptação de capa: Isabella Teixeira

DADOS INTERNACIONAIS DE CATALOGAÇÃO NA PUBLICAÇÃO (CIP)
ANGÉLICA ILACQUA CRB-8/7057

Roth, Veronica
　　Antígona, a conspiradora / Veronica Roth ; tradução de Laura Pohl. – São Paulo : Planeta do Brasil, 2024.
　　160 p.

　　ISBN 978-85-422-2927-1
　　Título original: Arch-conspirator

　　1. Ficção norte-americana 2. Ficção científica I. Título II. Pohl, Laura

24-4775　　　　　　　　　　　　　　　　　　CDD 813

Índice para catálogo sistemático:
1. Ficção norte-americana

Ao escolher este livro, você está apoiando o manejo responsável de florestas do mundo, e outras fontes controladas

2024
Todos os direitos desta edição reservados à
Editora Planeta do Brasil Ltda.
Rua Bela Cintra, 986 – 4º andar – Consolação
01415-002 – São Paulo-SP
www.planetadelivros.com.br
faleconosco@editoraplaneta.com.br

Para todos os professores que ao longo dos anos me ensinaram a ler conscientemente.

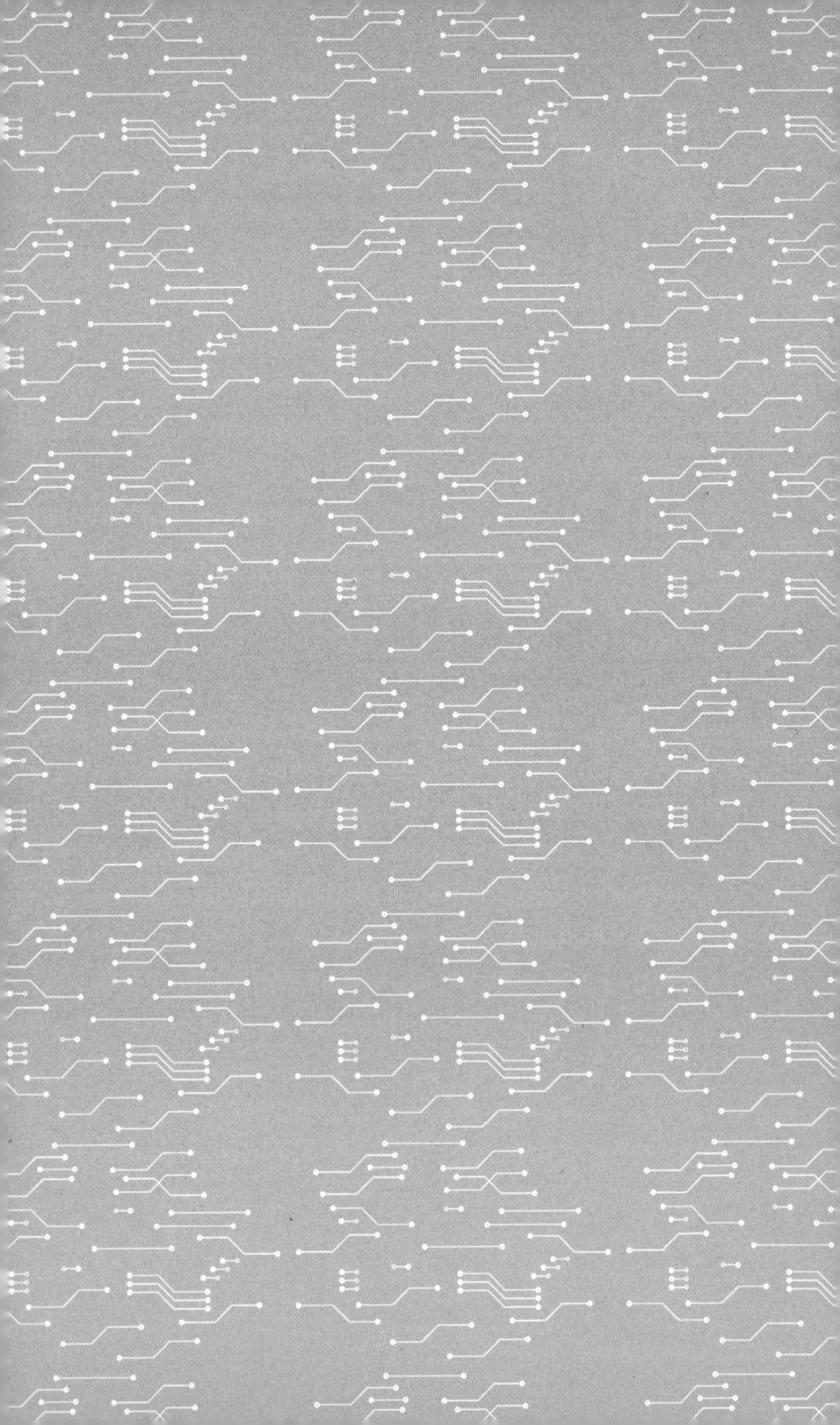

Seja, embora, filha de minha irmã ou mais
unida a meu sangue do que os que
veneram em minha casa,
nem ela nem a irmã escaparão
da punição atroz, pois acuso ambas
de serem cúmplices em culpa.

— *Antígona*, Sófocles

1

ANTÍGONA

Perguntei ao meu pai certa vez por que ele escolhera nos amaldiçoar antes de termos nascido. Porque nascer como meus irmãos e eu nascemos foi uma condenação desde o princípio. Éramos únicos entre nosso povo, feitos de seja lá qual combinação aleatória de genes nossos pais biológicos providenciaram. Filhos de farelos.

Ele não me disse, como minha mãe dissera um ano antes:

— Não pensávamos que fosse uma maldição.

Ele era livre de sentimentalismos demais para isso.

— Nós pensávamos — ele me contara — que fosse uma maldição que valia a pena suportar.

Era um homem honesto, e, agora, um homem morto.

Ele estava no pátio. O homem que matou meu pai. Ah, talvez ele não tivesse erguido a lâmina, mas o golpe de Estado que arrancou o poder das mãos de meu pai e o esmagou sob suas botas foi golpe de Creonte, arquitetado por Creonte, para Creonte.

Ele estava vestido com a versão casual de seu uniforme, as calças enfiadas nas botas, a camisa enfiada nas calças, a testa salpicada por suor, o sol matinal já queimando sua pele. Ele baixou a cabeça para escutar o que o chefe da guarda, Nícias, dizia. Estavam longe demais para que eu escutasse a conversa.

Eu estava em uma varanda do pátio do Alto-Comandante, acobertada pelas trepadeiras que cresciam somente ali, cuja beleza Creonte não se convenceria a sacrificar, nem pela escassez de água em outras partes da cidade. *As pessoas permitem que um Alto-Comandante tenha suas pequenas indulgências*, eu o ouvira dizer uma vez. *É um trabalho tão difícil.*

Eu acreditava que ele estava certo — era mesmo um trabalho difícil manter o punho de ferro por tanto tempo. Porém, não tinha certeza se qualquer quantidade de trepadeiras poderia tornar aquele lugar belo para mim.

Nícias se afastou de Creonte por, sem dúvida, ter recebido alguma pequena missão. Meu tio ergueu os olhos para mim. Ele assentiu em cumprimento.

Minha garganta se fechou. Desapareci entre as folhas.

Depois que a batalha acabara, depois que encontráramos os cadáveres de nosso pai e de nossa mãe nas ruas, depois que os laváramos e fizéramos nossas preces; depois que eu

Extraíra o icor, jovens demais para essa responsabilidade, ainda assim os únicos a quem a tarefa era cabida; depois que guardamos o que restou deles no Arquivo; depois de tudo isso, Creonte nos convocou para sua casa, para aquele pátio onde as trepadeiras cresciam e as ruas pareciam invadir, e na presença de todos que pudessem ouvir, ele nos disse que éramos bem-vindos para viver ali com ele. Até hoje, não tenho certeza do que incitou aquele ato de generosidade. Nós causamos nojo a Creonte, assim como a tantos naquela cidade, devido às nossas origens.

Talvez fosse o fato de sermos uma família, e existirem regras para família, e Creonte amava regras. Creonte era irmão de Édipo, a sombra de Édipo. Um mestre da lâmina em vez de um mestre da mente. Nas reuniões familiares, quando eu era jovem, ele era conhecido por quebrar coisas — taças, pratos e brinquedos — só por segurá-los de maneira muito descuidada. Uma vez, minha mãe pediu que ele penteasse o cabelo de Ismênia, que passou o tempo todo tentando não chorar enquanto ele arrancava nós do seu escalpo. Ele não sabia como ser alvo de zombarias; apenas ria de outras pessoas, nunca de si mesmo.

Talvez não tenha sido apenas por sermos família — talvez tenha sido por sermos filhos de Édipo, por mais distorcidos que fôssemos por nossos genes. E Édipo quase começara uma revolução. Ele era um símbolo, assim como nós. E qual a melhor forma de retirar o poder de um símbolo do que reivindicá-lo para si?

Então, quando Creonte nos disse que seríamos acolhidos em sua casa, eu sabia quais seriam as consequências: ele deixaria que Polinices, Etéocles, Ismênia e eu vivêssemos, mas ficaríamos à sua mercê. Nós moraríamos em sua casa e daríamos legitimidade ao seu governo, e ele ficaria de olho em nós.

Agradecemos por sua generosidade, eu dissera a ele naquela ocasião.

2

POLINICES

Faz anos que venho ao Café Athena, desde que eu tinha dinheiro para gastar e *ela* começou a trabalhar aqui. Pertencia ao pai dela — tinha de pertencer, ou ela não estaria trabalhando —, mas na maior parte das vezes, ele não estava por ali para me ver secando ninguém. Imaginei que todas as mulheres, desde a primeira que me deixou com aquela sensaçãozinha até a que acabou designada a mim no fim das contas, estariam fazendo a mesma equação: somando meus pais famosos, o passado trágico, riqueza de gerações e o sorriso cativante, depois subtraindo a realidade inquietante do meu código genético fragmentado, e qual é o resultado? Alguém que vale a fadiga?

Se a garçonete do Athena algum dia se importou em fazer esse cálculo, o resultado foi um definitivo "não estou interessada", mas o café ali tinha menos gosto de queimado do que na maioria dos outros lugares, então de qualquer forma eu continuava frequentando.

— Isso não é café — disse Part para mim depois do primeiro gole. — É merda líquida.

É verdade que não era café. Só restara um punhado de cafezeiros nas estufas, então só alguns sortudos já tinham experimentado a bebida de verdade. Aquele era apenas o mais próximo de um café, misturado com uma dose de suposto açúcar.

Eu estava sentado na mesa menos bamba do lado de fora com o dedão do pé embaixo de uma das pernas da mesa para equilibrá-la. A cadeira à minha frente estava vazia, mas Part estava de pé, bebendo de uma caneca minúscula que fazia sua mão parecer comicamente enorme. Uma mulher passou pedalando com um balde de flores de papel penduradas na traseira da bicicleta; uma flor caiu nas pedras. Um menino pedinte, com uma caneca para mendigar trocados, a apanhou de imediato. Ele a colocou atrás da orelha.

— Você devia sentar — eu disse para Part. — Tig provavelmente não vai chegar no horário.

— Essas cadeiras me fazem sentir como se eu estivesse brincando de casinha com a minha sobrinha — disse ele. Part era um cara grandão. Tinha a aparência de alguém molenga, só que ele não era. Era sagaz demais para isso. — Além do que, por mim, acabou. Você a deixou vir até aqui sozinha? Que belo irmão.

— Tig sabe se virar.

Part colocou a caneca minúscula na mesa, me encarando.

— Não vai abrir a boca para ela, certo?

— Claro que não. Mas você sabe como ela é. Talvez descubra de qualquer maneira.

— Desde que ela não interfira em nada.

— Interferir com o quê? — perguntou uma voz fina e aguda atrás dele.

E ali estava ela: minha irmã, aparecendo no segundo em que o relógio bateu quatorze horas.

— Antígona — cumprimentou Part, com um aceno de cabeça que deveria ser como uma mesura.

— Partenopeu — respondeu ela. — Vai se juntar a nós?

— Não, preciso ir embora — disse ele. — Vejo você por aí, Pol.

Ele desviou da criança com a caneca, atravessou a rua e desapareceu dentro de uma viela torta. Um sopro de vento passou atrás dele, levantando a poeira no ar. Antígona repuxou o lenço que usava no cabelo, para cobrir o nariz e a boca até a sujeira baixar. Eu só prendi a respiração.

A garçonete apareceu, com aquele andar alegre, e trouxe duas xícaras de café preto, e alguns cubos adocicados empilhados como um templo. Ela não olhou para nenhum de nós dois. Não perguntou se iríamos querer mais alguma coisa.

— Achei que você gostava do atendimento daqui — disse Antígona.

— Gosto da aparência do atendimento.

Ela bufou.

— Você não se importa se alguém te trata como um pária, desde que tenha pernas bonitas?

— Não posso culpar ninguém por aprender o que foi ensinado.

— Pode e deve. Eu faço isso o tempo todo — declarou ela. — Então, do que Part estava falando?

Deveria saber que ela não esqueceria o assunto.

— Tem alguma coisa rolando — eu disse. — Você sabe.

— Alguma coisa já *vem* rolando — retrucou ela. — Você poderia só me contar o que é.

— Não é necessário — eu disse. — Não vou precisar de ajuda, e só colocaria você em uma posição difícil.

Ela franziu o cenho para mim. Quando éramos crianças, nós costumávamos parecer mais ou menos com nossos pais. Nosso pai dizia que as crianças eram assim, esculturas maleáveis, que ainda estavam secando ao sol. Agora, porém, Tig se acomodou e endureceu, e ela era idêntica à nossa mãe. Com a curva no dorso do nariz, o queixo pequeno, os olhos grandes e redondos.

— Já estou em uma posição difícil — disse ela, violenta como o sol de meio-dia. — Moro na casa do assassino do meu pai, e sou noiva do filho dele.

— Tá, mas tem uma diferença entre uma posição difícil em que eu coloquei você, e outra que eu não tenho nada a ver — respondi. — Além do mais, os outros me matariam. Nenhuma mãe em potencial é permitida nesse nível da operação. Você sabe disso.

— Ah, sim.

Amarga — e *isso* não era nada como nossa mãe — como se pudesse destruir alguém usando apenas uma palavra bondosa, caso assim quisesse. Não havia um traço sutil em Antígona; ela era mais parecida com o nosso pai nesse aspecto.

— Não podem me arriscar — ela continuou. — Sou só um útero viável ambulante.

— Esse é o senso comum.

— Porra, Pol — disse ela, inclinando-se sobre a mesa, o lenço quase caindo dentro do café. — Estou tão exausta disso.

Nós dois olhamos para o pequeno estabelecimento com suas mercadorias expostas na rua. Montes de panelas antigas, emaranhados de fios, pilhas de lâmpadas ainda encaixotadas, uma estante de óculos de sol com a maioria das lentes intacta.

— Mas eu não penso assim. — Estiquei o braço por cima da mesa e cobri sua mão, que segurava a caneca. — Você sabe disso, né? Eu sei que tudo seria melhor se você estivesse envolvida. Só que estamos tentando unir sete distritos, e alguns são mais... *tradicionais* do que outros. Só somos tão fortes quanto o elo mais fraco da nossa corrente.

A mão dela tremeu de leve.

— Eu sei que você não pensa assim — disse ela. — Às vezes, eu olho para o futuro e não gosto de nada do que vejo.

Eu conhecia o futuro dela tão bem quanto ela conhecia o meu. Nós iríamos para onde Creonte mandasse, faríamos o que Creonte decretasse. Nós vivíamos à mercê de Creonte, e morreríamos ao comando dele.

— Casar com Hêmon não vai ser assim tão ruim — eu disse.

— Como é que você sabe? — respondeu ela. — Os maridos não temem suas esposas, mas todas as esposas temem o marido, mesmo que não digam em voz alta. — Ela enfiou a unha do dedão entre os dentes e roeu. Um segundo depois, ela acrescentou: — Não estou nem aí para Hêmon, de qualquer forma. Não era disso que eu estava falando.

— Bom, se tudo der certo hoje à noite…

Ela riu.

Eu perguntei:

— Você não tem fé em mim?

— Não é em você que eu não tenho fé — explicou ela. — É no "se tudo der certo".

— Bom, preciso que você encontre um pouco de confiança.

Estiquei a mão para dentro da bolsa que estava pendurada nas costas da cadeira e retirei algo de lá. Era um instrumento de metal mais ou menos do tamanho da minha mão. Era pontudo em um dos lados, e espesso do outro, parecido com uma seringa. Um Extrator. Eu o depositei na mesa entre nós dois.

Ela recuou do objeto como se fosse uma cobra.

— Só por precaução — eu falei.

— Tire isso de perto de mim. Você não vai morrer.

— *Só por precaução*.

Ela se inclinou sobre a mesa, os olhos arregalados fixos nos meus.

— Você tem alguma ideia do que eu sentiria se perdesse você? — disse ela, em um sussurro agressivo.

— Aham, tenho, sim — respondi. — O mesmo que eu sentiria se perdesse você. E, ultimamente, isso parece cada vez mais provável.

— O que você quer dizer com isso?

O problema de Antígona era que ninguém conseguia se esconder dela, mas ela pensava que podia se esconder de todo mundo. Como se fosse uma grande atriz. Como se eu não fosse notar minha própria irmã se desfazendo em fragmentos, com a determinação se esvaindo.

— Às vezes você olha para o futuro — eu disse —, e não gosta de nada do que você vê.

— Não se atreva a dizer que está fazendo isso por mim.

— Não só por você. Deus, quanto tempo você acha que podemos aguentar assim? Qualquer um aqui.

Uma cidade de sete distritos. As crianças cantarolavam uma rima sobre isso no Distrito Norte: *Sete casas em ruínas em Tebas com rancor. Uma não tem carne, outra não tem calor. Uma não tem água, outra não tem cor.* Eu as vi uma vez pulando corda naquele ritmo. Pouco depois saíram correndo por causa da polícia.

Antígona tocou o Extrator só com as pontas dos dedos.

— E se eu não acreditar nessa merda? — disse ela, indicando o instrumento com a cabeça. — E se eu não acreditar que uma pessoa pode renascer?

— Você não acredita?

— Não sei.

— Bom, então não importa mesmo, importa? — retruquei. — Eu acredito. E se eu morrer, quero que prometa que vai guardar meu icor no Arquivo. Eu quero que você se certifique de que eu possa ser refeito. Considere essa declaração como meu testamento. Beleza?

— Sim — sussurrou ela.

— Promete?

— Minha palavra é minha palavra — disse ela, franzindo o cenho para mim. — Mas, sim, eu prometo. Desde que você prometa que não está planejando morrer.

Abri um sorriso.

— Prometo.

Ela fechou os olhos quando outro sopro de vento passou por nós, enchendo nossos cafés de poeira. Lágrimas escorreram por suas bochechas, e ela as limpou com o lenço. Quando o ar voltou a ficar parado, ela parecia incólume. Antígona deu um gole no café, com poeira e tudo.

— Esse café é uma merda — disse ela.

— Todo mundo adora reclamar — respondi, e virei o resto da minha xícara.

3

ANTÍGONA

O Arquivo ficava no meio da cidade, onde a terra se elevava íngreme em um morro que mais parecia uma estante. Era um prédio de rocha bege e arenosa, a terra que o rodeava possuía a mesma textura, áspera e descampada. De acordo com as histórias, fora tão difícil levar materiais lá para cima que ninguém queria repetir a experiência, então o Arquivo era um lugar solitário. Um lugar para peregrinos.

Percorri o caminho através de vielas estreitas, onde minhas roupas nobres chamavam a atenção daqueles que queriam vender ou roubar, e meu rosto reconhecível afastava esses olhares quase imediatamente. Ainda assim, onde quer que eu fosse, havia o tilintar das moedas em canecas, vozes roucas de tossir poeira pedindo meu patronato, panfletos religiosos pressionados contra minhas mãos que os deixavam cair em vez de segurá-los. Eu deveria ter sido escoltada. Eu era uma opção viável e jovem. Como uma taça de cristal, frágil, preciosa e útil apenas pelo que eu era capaz de conter.

Todos os edifícios nessa parte do Distrito Electra foram desgastados pelo clima e pelos ventos, mas estavam cobertos por grafites coloridos, alguns mais artísticos do que outros. Parei diante de um barco em meio a um mar tempestuoso, a caricatura de uma dupla em um ringue de boxe com luvas feitas de pedra, o rosto de uma mulher com um nome e uma data rabiscada em baixo. Passei por lojinhas sem placas; lojas de equipamentos que agora eram só fileiras de baldes cheios de pregos e parafusos, lojas de eletrônicos que anunciavam acesso à antiga internet por dez moedas por minuto, padarias exibindo fileiras altas de pães atrás de grades.

Cheguei aos degraus no sopé do morro, e esperei em uma fila para subir a escadaria. Era larga o bastante para que uma pessoa subisse e outra descesse. Meus pés doíam por andar com uma sandália de sola reta. Eu não planejara vir até aqui. Porém, com o Extrator "só por precaução" de Polinices pesando na bolsa que carregava na lateral do corpo, eu não tinha outra escolha.

Nos degraus, o homem na minha frente estava contando cada vez que levantava um dos pés. Eu me perguntei quem ele iria visitar — uma esposa que se fora antes dele, ou um filho que partira cedo demais. Ou talvez ele fosse preparar um lugar para si. Era possível até para os empobrecidos encontrar um lugar no Arquivo atualmente. Era uma lei do meu pai, um feito do meu pai. Escutei a voz fraca na minha frente contando:

— Trinta, trinta e um, trinta e dois...

Uma vez eu ouvira meu pai dizer: *a imortalidade deveria ser para todos*.

A minha nuca estava encharcada de suor quando finalmente cheguei ao topo, a contagem do velho tomando a forma de um arquejo roufenho. As faixas da minha sandália fizeram bolhas no calcanhar e no dedão. Algumas pessoas estavam sentadas em pedras no topo, descansando, observando a cidade — a bruma empoeirada que se movia pelas ruas, as saliências de prédios pequenos e o brilho das janelas, e os morros em ondas que nos rodeavam por todos os lados, distantes demais para serem vistos nitidamente. Eu conseguia ver apenas seu leve ondular contra o céu.

Além dos morros havia terra selvagem para todas as direções. Eu nunca fora até lá, mas meu pai me dissera que era exatamente o esperado: ruínas.

Dali de cima, eu conseguia ver a casa do Alto-Comandante ao leste, no Distrito Sétimo, uma estrutura grandiosa e extensiva com um pátio aberto que era um mercado, uma estranheza, um lugar para pronunciamentos e demonstrações públicas. Não muito longe estava a Trirreme, nossa única esperança.

A Trirreme era uma embarcação, mas o oceano jamais tocaria seu casco. Em vez disso, ela alçaria em direção às estrelas que nos envolviam — alçar-se-ia o mais alto que pudesse e enviaria um sinal que diria: *estamos aqui, ajude-nos*, para qualquer um que pudesse nos escutar. Nosso planeta era um túmulo, mas a esperança ainda vivia na Trirreme para que a pedra que a selava fosse afastada, que o túmulo fosse desenterrado.

A superfície refletia nuvens claras para mim. Eu dei as costas para a embarcação e caminhei em direção ao Arquivo.

Na entrada, retirei as sandálias com um suspiro de alívio e as carreguei segurando as faixas nas pontas dos dedos. Enquanto eu passava entre as colunas da entrada, o ar fresco soprou em minha direção, e suspirei outra vez.

Estava escuro — as superstições antigas diziam que luz demais poderia comprometer as amostras, apesar de agora sabermos que não era mais o caso. Porém, onde havia luz, era quente, quase alaranjada, graças à cor das paredes altas de pedra. Fileiras e mais fileiras de prateleiras me encararam, estreitas, e lembrei das fotografias que vira das grandes bibliotecas de outros tempos, contendo livros em vez de gametas. Ainda havia livros, claro, mas o tempo os devorara. Eles existiam digitalmente, mas acessá-los era uma tarefa onerosa — era necessário encontrar uma conexão, pagar pelo tempo de uso e baixar o que quisesse em seu próprio aparelho, que provavelmente era velho e dado a avarias.

Contei a quarta fileira à esquerda e andei pelo corredor, alguns metros atrás de duas mulheres que caminhavam de mãos dadas, cochichando entre si. A mulher à esquerda deixara os cabelos soltos caírem pelos ombros; ela os jogou para trás e se inclinou para a direita, sorrindo. A mulher à direita olhou por cima do ombro para mim e soltou a mão de sua parceira de súbito. Não era algo incomum que duas mulheres fossem ali sob o pretexto de amizade para fazerem um filho juntas. Elas explorariam o Arquivo juntas, e, então, uma delas se encontraria com um Arquivista junto de um homem que estivesse disposto a interpretar um papel. O Arquivista, ignorante do contexto, auxiliaria na tarefa de determinar que tipo de ressurreição elas gostariam de facilitar.

Eu me virei ao fim da fileira para dar mais privacidade a elas. Eu conhecia a sensação de ser algo que não era permitido ser.

Minha existência, assim como a de meus irmãos, era uma blasfêmia. As pessoas não ressuscitavam seus próprios genes — fazer algo do tipo era considerado perigoso, por motivos tanto práticos como místicos. Cada um de nós nascia com um vírus, passado de mãe para filho, e não havia cura. Deteriorava o código genético no instante em que nascíamos, possibilitando anormalidades, aberrações. Portanto, genes precisavam ser editados antes de serem transmitidos adiante, para que toda criança nascesse com uma ficha limpa, para que não morresse jovem, como aconteceria comigo e com meus irmãos.

Porém, para os místicos, e não para os cientistas, havia ainda outro crime em ter um filho nascido por meios naturais. O icor de cada pessoa era como uma tapeçaria, contendo os diversos fios daqueles que viveram no passado. Quando combinada ao icor de outra pessoa, essa tapeçaria ficava mais rica e complexa. No entanto, icor não continha a alma nas células até a morte do sujeito. Ter um filho da sua própria carne enquanto ainda se estava vivo significava ter um filho que não fazia parte dessa tapeçaria. Significava ter um filho que não possuía alma.

Como eu.

No espaço entre as estantes, notei o casal de mulheres parando ao fim de uma fileira. A mulher à direita puxou a tabuleta de seu lugar ao lado de uma das amostras, e as duas se agacharam para ler, a mulher da esquerda descansando o queixo no ombro da outra. Eu poderia ter passado por elas, mas permaneci ali, observando-as enquanto liam o resumo de uma vida que encontraram em uma pequena placa de metal.

Elas escolheriam duas almas no Arquivo que acreditariam serem dignas de ressurreição, e ao fazer isso — ao menos em teoria — escolheriam a história de seu rebento antes que nascesse. Eu me perguntei de que tipo de história aquelas duas gostariam. Uma vida tranquila, talvez, sem distinções, mas gentil e pacífica. Ou talvez... algo dramático, com um fim trágico, uma vida cheia de tumulto e potencial. No Arquivo, era possível ler a história de alguém e refazê-la. Mesclar com outro padrão, para elevá-la ou atenuá-la. As possibilidades eram infinitas, arrebatadoras.

Não importava se uma pessoa queria ou não um filho. Não importava se mudassem o resto do seu corpo, se abraçassem um novo nome ou não — se uma gravidez fosse viável, o governo considerava que eram mulheres, e era obrigatório que concebessem um filho, mesmo que apenas metade fosse sobreviver ao processo. Nossa espécie acabaria se essa lei não existisse. As pessoas adoravam dizer isso. E talvez estivessem certas quanto a isso. Todo ano nossa população diminuía. Contraía. Recuava.

De qualquer forma, eu não vi nas mulheres que caminhavam ao meu lado, separadas por prateleiras de amostras, qualquer hesitação ou ressentimento. O fato de que seus corpos eram considerados recipientes para a continuação da espécie, em vez de algo que pertencia somente a elas, não parecia um fardo. Elas pareciam encantadas por essa alquimia mística de genes e rituais embaralhados no ar saturado de incenso e poeira do Arquivo.

Ou talvez eu só estivesse vendo o que esperava ver. Pol me disse muitas vezes que eu via o mundo em extremos. E muitas vezes eu o lembrara de que era um mundo extremo.

O casal virou na próxima passagem, e eu continuei seguindo em frente, em direção aos registros lacrados no canto mais ao fundo daquele espaço, onde os famosos, notáveis e proeminentes eram guardados. Esses genes não podiam ser utilizados sem permissão explícita do governo. Ali era onde o icor dos meus pais estava.

Icor, eu escutei minha mãe dizer, desdenhosa, no fundo de minha mente. *Ninguém gosta de usar os nomes técnicos para as coisas, não é? Não existe nada poético em "óvulo" ou "esperma" para ser romantizado.*

Eu tinha a certeza de que Creonte faria o icor de meus pais de arma, utilizando a ameaça de sua destruição permanente para nos controlar. *Nós* não poderíamos ressuscitá-los, mas desde que estivessem guardados ali, alguém poderia. Um dia. E antes eu acreditava em ressurreição. Mesmo que eu não acreditasse mais... Pol, Ismênia e Etéocles ainda acreditavam, e eu não seria a pessoa a arrancar deles a esperança de que nossos pais perdurassem. E, portanto, a lâmina do carrasco sempre pendia sobre nós.

    Estava ainda mais escuro ali, os canais de luz que cortavam o teto mais distantes. Cada amostra ocupava o espaço de um livro, fazendo com que a analogia da biblioteca parecesse mais apta. Durante o dia, uma luz fraca brilhava sob cada um, para iluminar o nome escrito no rótulo embaixo. Em uma tabuleta ao lado ficava uma descrição de suas vidas. Não precisei do rótulo para encontrar meu pai e minha mãe, acomodados um ao lado do outro em um lugar de destaque, perto da entrada. Édipo. Jocasta.

    Édipo, que teria sido nosso primeiro líder livremente eleito. Jocasta, que procurou estender a procriação para todos e, assim, libertando quem não a queria. Uma cientista em uma cidade onde apenas homens eram cientistas; uma mulher impossível.

    Algumas pessoas vinham aos Arquivos para chorar o luto. Ouvia seus sussurros até mesmo ali, como um fluxo distante. Eu me perguntava o que eles diziam para os mortos. Eu não ia até lá contar para minha mãe e meu pai meus segredos, minhas angústias e meus arrependimentos. Eu ia porque era o único lugar onde Creonte não estava observando. Eu me ajoelhei no chão de pedra em frente ao nome dos meus progenitores, deixei minhas sandálias de lado e abri a bolsa. De lá, tirei o Extrator e o ergui para a luz.

Eu tinha certeza de que era um dos modelos antigos da minha mãe. Restava-nos tão pouco dela, e dele. Distribuir suas posses era um rito de lamentação, e não tínhamos tido permissão para ficar de luto. O mais perto que Ismênia e eu pudemos chegar disso foi na preparação dos corpos. Eu os despira; Ismênia os lavara. Ismênia fizera uma prece; eu, a Extração, enfiando um instrumento no corpo do meu pai, cinco centímetros abaixo do umbigo, e outro na minha mãe. O processo só podia ser feito com os mortos. Fechei os olhos e me forcei a me imaginar fazendo o mesmo com Polinices, mas por mais que tentasse, eu não o imaginava morto. Estava sempre adormecido.

Devolvi o Extrator para a bolsa e respirei fundo. O nome "Jocasta" estava escrito em uma caligrafia disforme no rótulo. Precisei de alguns instantes para lembrar que a letra era minha. Aqueles dias se passaram como uma névoa.

— Olá, querida — ouvi uma voz suave, à minha direita.

Eu me sobressaltei, atenta. Parada no fim da menor fileira estava Eurídice, a esposa de Creonte.

O povo a chamava de "o anjo de Tebas". Ela tinha ossos elegantes e era delicada. A pele era tão pálida que, sob a luz do sol, era possível identificar as veias azuis e os tendões lineares sob ela.

— Olá. — Peguei minhas sandálias e fiquei em pé. Havia poeira nos meus joelhos e calcanhares.

— Peço perdão por interromper — disse ela. — Vim aqui para ver minha mãe e pensei em cumprimentar a sua antes de sair.

— Sua mãe ainda está aqui? — perguntei.

Embora filhos não tivessem permissão de ressuscitar os próprios pais — era considerado incestuoso, além de egoísta por não contribuir com a diversidade genética —, uma família proeminente como a dela era desejável no Arquivo. Eu presumira que alguém já dera à luz a mãe de Eurídice àquela altura.

— Minha mãe era uma Discípula de Lázaro — disse Eurídice. — Ela ficará aqui até o fim dos tempos. Ou ao menos era nisso que ela acreditava.

Os Discípulos de Lázaro — nós os chamávamos de "lazarentos", um apelido fácil, dado de mão beijada. Eles acreditavam que um criador os ergueria dos mortos através do seu icor quando o fim do mundo acontecesse e, portanto, requisitavam que seu material fosse usado apenas se não houvesse outra alternativa. Nas tabuletas, isso aparecia anotado em vermelho. Minha mãe os criticava com regularidade, dizendo que ansiar pelo fim significava que não precisavam mais se esforçar pela sobrevivência, que não valorizavam a humanidade. Apesar disso, eu nutria mais simpatia por eles agora do que nunca. Às vezes, a única coisa pela qual valia ansiar era o fim.

— Mas você não concorda com ela — disse eu.

Eurídice sorriu.

— Não. Eu acredito na natureza duradoura da alma, assim como ela, mas não acredito em um fim.

— Creio que não acredito em nenhum dos dois — respondi, e nesse lugar que era considerado sagrado por muitos, pareceu uma confissão. Toquei o nome de minha mãe com as pontas dos dedos. — Eu não acredito que se usasse o icor dela, eu a teria de volta. Acho que ela se foi.

— Essas duas coisas não precisam ser equivalentes — disse Eurídice. — Se uma alma perdura, então, talvez… simplesmente perdure, independentemente do que seja feito. Se não no icor, talvez em outro lugar.

— Como tem tanta certeza de que a alma sequer existe? — pergunto.

— Suponho que eu não tenha — respondeu Eurídice.

— Simplesmente não priorizo a convicção.

Seus olhos eram gentis. Era tentador pensar nela como algo delicado, mas nada delicado poderia ficar com Creonte por tanto tempo e, ainda assim, continuar dona de si.

— Vamos? — perguntei. — Ou quer um momento a sós com ela?

Indiquei o lugar de minha mãe com a cabeça. Eurídice apenas balançou a cabeça em negação, e juntas caminhamos pelo corredor. Pensei no casal que vi mais cedo, terminando sua análise, conversando sobre que tipo de filho queriam ter. Assim que tivessem feito a escolha, no futuro, o Arquivista combinaria as células que haviam selecionado, as *almas* que selecionaram, para implantá-la em um de seus úteros. Depois disso, eu não tinha certeza do que aconteceria. Talvez ela morresse no parto. Estatisticamente, era tão provável quanto sobreviver. Porém, mesmo que sobrevivesse... as mulheres eram protegidas por seus lares, e apenas os homens eram livres fora deles. Será que aquelas mulheres criariam a criança com dois homens que eram parceiros entre si? Será que tentariam conseguir uma vida própria? A memória das duas me açoitava. Que criatura medíocre era eu, com medo e ódio daquilo pelo que elas estavam arriscando tudo. Porém, eu era uma criatura medíocre, e não poderia ser o contrário.

O ar do lado de fora do Arquivo estava quente, e era sempre estranho ir a lugares com Eurídice, que era o mais perto de realeza que possuíamos em nossa cidade. As pessoas se reuniam ao redor dela como suplicantes, os olhos brilhando, as bocas sorrindo, as mãos esticadas para tocá-la. Ela era dominada por eles, procurando uma saída, mas eu não podia ajudá-la. Os olhos deles passavam por mim como se eu não existisse ali. Era mais bondoso fazer isso do que reconhecer o que eu era.

Os olhos dela se afixaram em algo distante, e o sorriso que ela abriu foi de alívio. O rosto de Creonte surgiu em meio à multidão, e eu precisei relutar contra todos os meus instintos para não recuar. Ele estava rodeado de espaço, como se emitisse um escudo repulsivo. Ele caminhou até

Eurídice, mais alto e mais largo do que ela, e beijou a bochecha da esposa. Todos ao redor observaram.

Alguns passos atrás dele estava meu irmão mais velho, Etéocles. Nossos olhos se encontraram.

— Irmão — eu cumprimentei. — Imagino que esteja aqui para visitar nossos pais.

— Oi, Antígona — disse ele, obviamente desconfortável.

Etéocles era a sombra de Creonte ultimamente. Ele mal dava um passo sem pedir autorização.

— Antígona — disse Creonte, no que poderia soar como um tom caloroso, se seus olhos não estivessem carregados de escrutínio.

Ele não se inclinou para beijar minha bochecha. Ele nunca tocava em nenhum de nós se pudesse evitar, como se nosso vazio profundo pudesse sorver a vida de seu corpo se o fizesse.

— Tio — respondi.

— Está sozinha? — Estava claro que ele não aprovava. — Veio homenagear os mortos?

— Vim para fazer uma pergunta.

— E obteve uma resposta?

Tantas pessoas nos escutavam. Eu sorri.

— Estou em paz — respondi. — Essa resposta me basta.

Os olhos de Creonte faiscaram quando encontraram os meus. Por cima do ombro dele, os olhos de Etéocles iam dos meus para Creonte, e de volta para mim.

— Fico contente em ouvir isso — comentou Creonte.

O que veio depois era um roteiro da boa educação. Creonte garantiu que eu retornaria para casa. Eurídice ficaria um pouco mais, esperando que o marido terminasse seus afazeres, e Etéocles me acompanharia de volta para casa. Eu jamais poderia voltar sozinha.

Em silêncio, desci a escadaria atrás do meu irmão mais velho. *Um, dois, três...*

4

EURÍDICE

Minha mãe pensava que eu era uma profeta. Nunca entendi muito bem o motivo. Ela só dizia que sentia em seus ossos, como se isso bastasse. Nenhuma criança quer ser levada tão a sério quanto minha mãe me levava. Cada palavra que saía da minha boca possuía um significado para ela. Assim sendo, parei de falar. Devia ter me acostumado com isso, porque, às vezes, ainda era difícil encontrar as palavras.

Minha mãe sempre buscava por algo maior, algo além. Estava sempre procurando um fim. Talvez por isso tenha escolhido um para si mesma quando a realidade não foi satisfatória. Quando a filha profeta não tinha nada a declarar. O silêncio, suponho, é um tipo de mensagem, assim como é um tipo de fim. Só não é uma que alguém queira ouvir.

Eu a visitava toda semana, sem falta. Eu gostava de andar até o Arquivo, mesmo com Nícias alguns passos atrás, como um guardião silencioso. Gostava de ficar no topo do morro, olhar para a cidade e me lembrar de seu tamanho.

Tantas vezes, ela parecia frágil demais, como se seus alicerces estivessem prestes a desmoronar. Porém, nada tão grande, tão extenso, podia ser destruído com facilidade.

Não esperara encontrar Creonte ali. Ele não tinha o hábito de ir ao Arquivo, porque caminhar entre os mortos não era útil, e como ele adorava ser útil. Ele olhou para a Trirreme, afixada na posição de lançamento, e eu olhei para o canto da sua mandíbula, que continha a aspereza da barba.

— O que te traz aqui? — perguntei a ele. Estávamos rodeados por guardas, mas era sempre assim. Eu tinha a sensação de que estávamos sozinhos.

— Heli, que supervisiona o Sétimo — disse ele. — A filha dele está aqui. Arrumou alguma encrenca, e ele pediu que eu cuidasse disso pessoalmente, como um favor a ele. — Creonte se virou para mim e segurou minhas mãos. — Gostaria que você viesse comigo. Tenho certeza de que sua presença iria ajudá-la.

Ele não estava pedindo, mas assenti mesmo assim. Ele levou minha mão para a dobra do seu cotovelo, e juntos contornamos o prédio do Arquivo até os fundos, onde ficavam os laboratórios. Conforme caminhávamos, ergui os olhos para a fileira de colunas que emolduravam o prédio, deterioradas pelo vento. Eu vivera quarenta anos, e ainda assim me maravilhava ao ver que algo tão fraco poderia desgastar algo tão forte, se tivesse tempo. Um pingo de chuva cavando um túnel por uma montanha, uma brisa que alisava a aspereza da pedra.

— Não deveria ser vista com nossa sobrinha em público com tanta frequência — Creonte me disse enquanto caminhávamos. — Essa foi a segunda vez nas duas últimas semanas.

— É visto como compaixão — respondi.

— Hoje, sim — disse ele. — Amanhã, talvez lembrem com clareza demais do que ela é.

Ele crispou os lábios, e eu me lembrei do dia em que seu irmão e cunhada foram mortos nas ruas, como ele perguntara sobre as crianças com esperança na voz. Ele jamais desonraria a própria família os atacando, mas pensou que talvez a violência da turba tivesse resolvido seus problemas. Eu nunca sentira tanto ódio quanto naquele dia.

O fundo do Arquivo era feito de uma pedra lisa e esmera, sem janelas. Soltei o braço de Creonte para que ele entrasse primeiro no edifício. Ali, criados se levantaram de súbito para recebê-lo — e também a mim — com o devido respeito. Nos ofereceram chá, figos e um lugar para sentar, mas Creonte recusou todas as oferendas. Ele pediu para ver *a garota*, e uma das criadas apressou-se para prepará-la.

— Lembre-se de ser brando — eu o aconselhei, enquanto esperávamos. — Se ela está com problemas...

— Eu serei o que sou — interrompeu ele, firme. — Para brandura, tenho você.

Será que sempre fui branda? Era difícil dizer. Eu fui uma criança geniosa. As cicatrizes nos nós dos dedos — fruto de uma punição dada por professores frustrados — eram testemunhas do meu caráter. Assim como a recusa de falar com minha mãe, sabendo que ela mediria com peso demais cada palavra que saísse dos meus lábios. Porém, eu era branda com Creonte. Eu via nele o que outros não viam.

A criada gesticulou para nós, e nós a seguimos por um corredor comprido e mal-iluminado até uma das salas de exame. Era um local para tudo relacionado à procriação. Jocasta trabalhara aqui no passado, escondida nos fundos para que ninguém visse que o laboratório era ocupado por uma mulher. Vim aqui uma vez com ela para ver seu trabalho, mas não consegui compreender todos os tubos de vidro, os livros puídos, o microscópio brilhante.

Paramos antes dos laboratórios dessa vez, e a criada nos levou à sala de exame. Era pequena, com uma maca, um banquinho e um pequeno armário cheio de equipamentos. Em cima da maca, com o corpo coberto por um lençol branco, estava Clio, filha de Heli, administrador do Distrito Sétimo.

Ela era pouco mais que uma criança, com bochechas roliças e o corpo esguio como o de uma corça. Os olhos estavam desfocados, vermelhos por causa das lágrimas. Uma mecha de cabelo estava presa ao lábio, desapercebida. Ela viu Creonte, e se esforçou para se sentar.

— Por favor, fique parada — eu disse a ela. — Estamos aqui como amigos.

Creonte ergueu uma sobrancelha ao ouvir isso, mas não me contrariou.

— Meu pai está bravo comigo? — perguntou ela, a voz fraca e rouca.

— Ele tem motivo para estar? — indagou Creonte.

— Eu não...

Ela engasgou um pouco e desviou o olhar. Esperamos em silêncio pelo fim daquela frase, que jamais foi terminada.

Repousei a mão no ombro de Creonte.

— Deixe-me falar com ela — eu disse.

— Heli pediu...

— Heli pediu que lidasse com isso pessoalmente — eu declarei. — E o que sou eu, senão uma extensão de você?

Os olhos de Creonte se suavizaram levemente. Ele assentiu e saiu da sala. Eu consegui sentir algo se aliviar no ar depois de sua partida, como se um vento forte parasse de soprar.

Puxei o banco para ficar ao lado da maca, e me empoleirei nele. As mãos de Clio estavam entrelaçadas em cima da barriga, as unhas roídas até a carne. Havia um pôster na parede ao lado dela, mostrando um diagrama do aparelho reprodutivo de uma mulher. Em cima do útero rosado, estava uma agulha fina — um Extrator, para mostrar o ângulo correto da inserção.

— Vim fazer um teste de gravidez — disse Clio. — O Arquivista ligou para meu pai.

— Entendo.

— No começo, ele pensou... — Ela fechou os olhos. Lágrimas escorreram pelas têmporas e se afundaram no cabelo. — Ele me chamou de garota selvagem.

— Mas você não é — eu disse.

Ela balançou a cabeça.

— E agora seu pai está em casa, afiando a arma — disse eu. — E ele deseja saber para quem deve apontá-la.

Os olhos de Clio eram cor de mel, uma cor indefinida. Em um instante eram azuis e, depois, amarronzados.

— É estranho — questionou ela — que eu não esteja ansiosa pela morte desse homem?

Estiquei a mão para segurar a dela, e ela permitiu, me deixando entrelaçar nossos dedos e os apertar.

— Nós punimos poucos crimes tão severamente quanto esse — expliquei. — Como gestoras de crianças, somos recipientes sagrados que precisam de proteção.

Era uma frase recitada diretamente de um panfleto que me foi dado pela minha mãe, quando tinha dez anos e menstruei pela primeira vez. Eu o recitei sem pensar. Estava tão enraizado em minha mente, em minhas memórias.

— Se não puníssemos esse crime com a morte, talvez se tornasse algo mais comum — continuei. — E isso comprometeria a força de nossa sociedade. A cada violação dessa força, nós nos tornamos mais frágeis e mais suscetíveis a perda. Então, não tem a ver com vingança, Clio. Tem a ver com estabilidade. Compreende?

Ela apertou minha mão com tanta força que começou a doer. Ela também fechou os olhos, o corpo preparando-se para o que fosse acontecer em seguida.

— Eneias — disse ela, o nome rompendo dela como um grito.

Eu continuei segurando sua mão.

— Obrigada — eu disse. — Você fez o que deveria ter feito. Certo?

Ela assentiu, e quando abri minha mão, ela abriu a dela.

— Quer que eu peça para sua mãe vir até aqui? — perguntei, quando me levantei.

— Minha irmã — respondeu ela.

Ela ainda estava tensa, encurvada sobre si como uma mão com câimbras depois de escrever muito. Eu fizera isso com ela. Sabia disso. A serviço da lei e da ordem, mas não a serviço dela. A culpa revoltou-se dentro de mim como a bile da azia, e eu a engoli.

— Vou avisá-los — eu disse, me virando em direção à porta.

Um instante antes de abri-la, a voz dela me deteve.

— Preciso ficar com isso. Essa... coisa *desalmada* — disse ela. — Não é?

Olhei para minha mão na maçaneta. Estava tremendo.

— Todas as vidas são essenciais — eu disse, baixinho.

E saí.

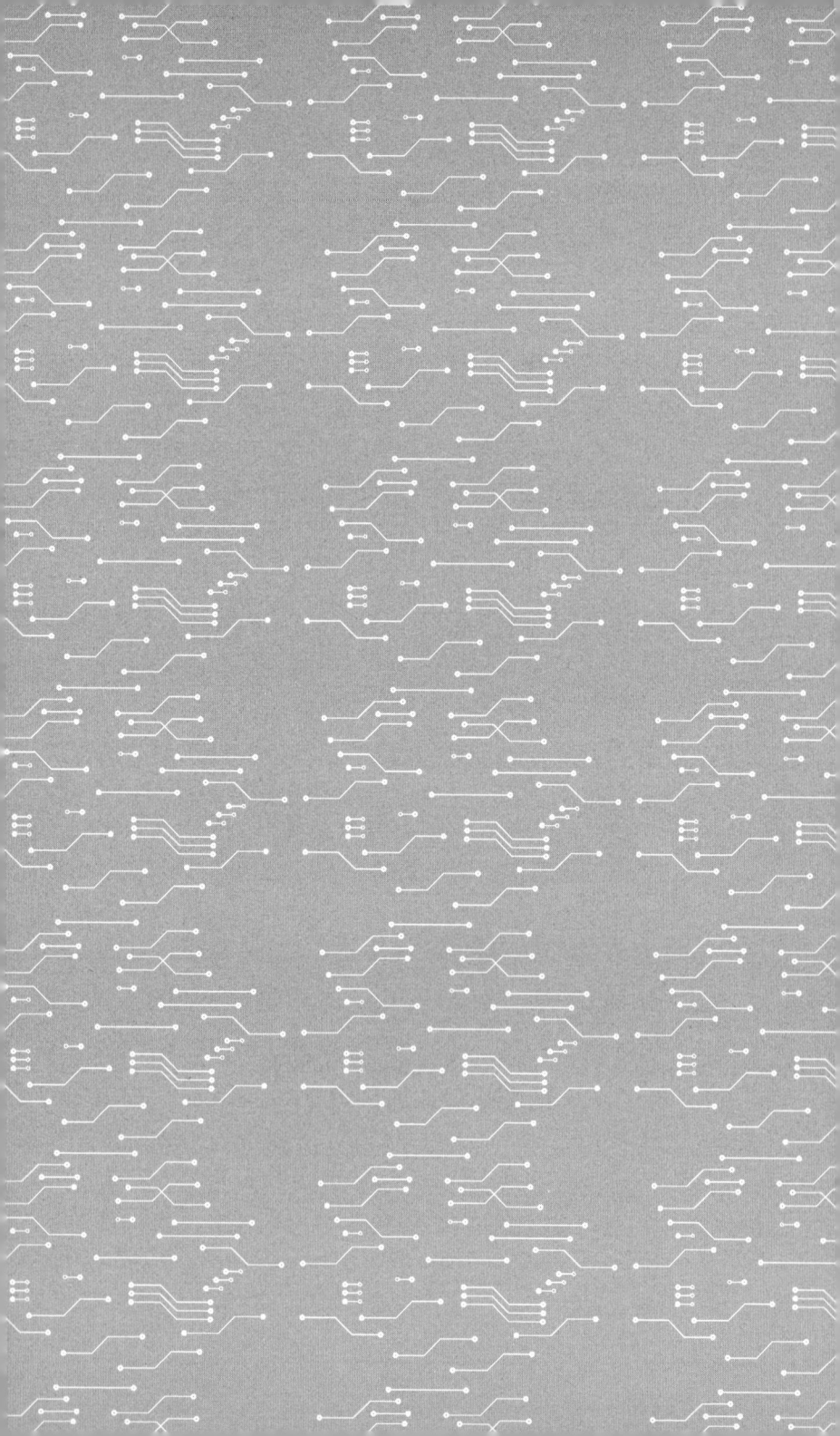

5

ISMÊNIA

— Você não pode ficar para jantar?

Ela passou os braços pela minha cintura, me puxando de volta para perto de seu corpo. Ela estava quente. Era da minha altura, perfeitamente alinhada. Senti a boca dela no meu ombro, no meu pescoço. Sorri, virando o rosto para que ela não visse, e cobri suas mãos com as minhas.

Ela era cantora. Eu a escutei uma vez enquanto atravessava o mercado a pé, no entardecer, quando já estava violando havia muito tempo meu toque de recolher, que não fora estabelecido verbalmente. O sol já tinha se posto, mas ainda havia um pouco de luz no céu, e enquanto eu passava pela multidão, uma voz contralto encorpada chegou aos meus ouvidos. Segui o som até chegar nela, que estava examinando um arranjo de lenços em uma barraca de roupas femininas, com os dedos longos e elegantes. Quando me viu encarando, ela ergueu uma sobrancelha. *Que foi?*

Tem algo a dizer, riquinha? Quando balbuciei um pedido de desculpas, ela só deu risada.

Nesse instante, ela cantarolava, e senti a vibração contra minhas costas.

— Não posso ficar — disse. — Preciso voltar.

— Alguém está contando os minutos?

Eu não podia explicar para ela. Isso exigiria que eu admitisse quem eu era, o que inevitavelmente levava à questão do *que* eu era: um jarro sem água, uma casca sem noz, um lampião sem chama. Eu lhe dissera um nome que não era o meu, um nome que não era de ninguém. Era mais fácil do que arriscar ver sua repugnância.

Lá embaixo, a rua estava lotada de barraquinhas de comida. O cheiro de fumaça, milho cozido e pão frito entrava pelas cortinas.

Em vez de responder, eu me virei em seus braços, passando um dedo por seu colarinho. A pele dela estava úmida de suor. Levei meus lábios aos dela.

— Preciso voltar — repeti, e ela suspirou.

Calcei as sandálias e fui embora. Assim que cheguei na rua, não olhei para trás para ver se ela estava me observando enquanto me afastava. Nosso tempo juntas estava chegando ao fim. Eu não a veria de novo. Era isso o que acontecia quando eu começava a sentir que havia um fio me conectando a alguém no centro do esterno, quando minhas recusas não bastavam mais para as duas partes.

Não foi feito para durar, de qualquer forma. Meu caminho já estava determinado.

Puxei as barras de ferro na janela da adega e enfiei meus pés primeiro. Olhando pela viela para a esquerda e depois para a direita para garantir que ninguém estava me vendo, entrei pela abertura pequena e caí em pé na despensa, entre dois sacos de grãos. Eu me ergui na ponta dos pés e encaixei as barras de ferro de volta no lugar, e então escolhi uma garrafa vazia de uma das prateleiras perto da porta, como se eu simplesmente tivesse ido até ali para pegar um novo jarro de água. Era uma explicação bastante plausível. Os criados da casa não gostavam de falar conosco se pudessem evitar, por isso nunca faziam muitas perguntas.

Consegui voltar até a ala designada para nós na mansão antes de avistar alguém. Eti estava parado à minha porta, a mão erguida como se fosse bater e segurando uma flor. Ele sorriu para me cumprimentar, mas o sorriso desapareceu rápido demais.

— Onde você estava? — perguntou ele. — Você está corada.

Levantei a garrafa vazia.

— Quebrei a minha. Decidi ir buscar outra.

— Foi a segunda garrafa que você quebrou essa semana — disse ele. — Quem é ela?

Peguei a flor da mão dele e abri a porta, empurrando-a com o ombro.

— Arrancou essa da estufa de Creonte?

Era só a ponta de um galho, mas continha algumas flores roxas grandes, com pétalas pendentes. Coloquei o galho em um copo d'água na mesa de cabeceira e o levei até a janela. Assim, o sol brilharia sobre as pétalas pela manhã.

— É acônito — disse ele. — Então não coma. É venenosa.

— É o único propósito dela? — perguntei.

Todas as flores tinham propósito, ou não estariam ocupando espaço na estufa.

— Sim — respondeu ele. — Acredito que sim.

— Que pena — falei. — É tão bonita. Obrigada.

— Você não respondeu minha pergunta.

— Não é ninguém — disse. — Não foi nada. Você não precisa se preocupar.

— Outras pessoas podem ter "nadas". Nós, não.

Eu não o corrigi, mas ele estava errado. *Ele* tinha direito a certas liberdades: escapulidas com uma amante, uma mulher mais velha que não era mais capaz de gestar, qualquer pessoa que estivesse fora da proteção de um homem. Porém, até me casar, eu pertencia a Creonte para ser protegida e não deveria ser tocada. Se eu não me permitisse ter alguns nadas, eu não teria nada.

— Eti — eu disse. — Esqueça isso.

— Tudo bem. Desculpe.

Ainda sentia os braços dela ao redor da minha cintura. Observei meu irmão partir, e em sua ausência, eu poderia mesmo acreditar que eu era vazia, como os místicos acreditavam.

Mais tarde naquela noite, tudo o que conseguia ver era a silhueta da flor na janela. A lua estava tão brilhante quanto a luz do dia. Dormi e acordei e adormeci outra vez, pensando no motivo de Creonte cultivar veneno na estufa, ao lado das batatas e do trigo. Limpei o suor da mão na fronha e me levantei para tirar a flor do parapeito da janela. Uma brisa entrou, pressionando minha camisola contra o corpo. Naquele instante, ouvi uma batida na porta.

Era a batida de Antígona, quatro batidas rápidas e bruscas. Tirei o prendedor de madeira debaixo da porta — colocado ali para manter pessoas indesejadas fora do quarto enquanto eu dormia — e a abri, me deparando com os olhos preocupados da minha irmã. Ela usava um robe preso bem rente à cintura e sandálias.

— Posso entrar? — ela perguntou.

Dei um passo para trás para deixar que ela entrasse, e então olhei pelo corredor nas duas direções para me certificar de que ninguém estava olhando. O corredor estava silencioso e parado, mas nem isso era uma garantia. Sempre havia alguém seguindo Antígona nesta casa. Porém, não havia nada particularmente interessante em duas irmãs buscando o consolo uma da outra.

— Você está bem? — perguntei.

Ela caminhou até o meio do meu quarto, onde um tapete puído cobria o chão de pedra, e depois voltou até onde eu estava. Ela estava cutucando as unhas como se estivesse repuxando cordas de um violão.

— Estou com um mau pressentimento — disse ela.

Antígona tinha maus pressentimentos sobre tudo ultimamente. A vida dela parecia ser sobrecarregada pelo temor. Medo de Hêmon, medo de ter um filho — como se quanto mais relações criasse, mais ela definharia. Porém, as coisas não precisavam ser assim. Eu tinha as mesmas obrigações que ela, e apenas metade de seu pesar.

— Um mau pressentimento sobre o quê?

Ela desviou o olhar.

— Tem algo pairando no ar — disse ela.

Ela nunca foi boa atriz.

— Você sabe de algo que não quer que eu saiba — falei.

Ela voltou a andar em círculos.

— Eu não *sei* de nada. Esse é o problema.

Suspirando, eu a segurei pelo pulso e a levei até a cama.

— Não dá para prever o futuro — eu disse. — Não dá para saber se algo ruim vai acontecer, e não se pode fazer isso acontecer só porque está tendo um pressentimento.

Ela assentiu. Ainda parecia frenética, e a cor dela estava estranha, mas se sentou na beirada do colchão.

— Vem, vamos dormir na minha cama — eu disse. — Dormir vai afastar isso.

Ela franziu o cenho. Talvez estivesse se lembrando de todas as vezes que dormimos na mesma cama quando éramos mais novas. Nós costumávamos tirar o colchão da cama — papai sempre nos dava bronca por causa disso, já que o chão era mais sujo do que o estrado — e juntávamos o máximo de travesseiros que conseguíamos achar pelo resto da casa, incluindo as almofadas do sofá, e então pendurávamos um lençol por cima daquele ninho para que tivéssemos a sensação de estarmos dentro de uma nuvem. Depois, tentávamos passar a noite acordadas. Antígona nunca conseguia, mas eu, sim. Não eram poucas as memórias que podiam me manter acordada, mesmo quando nossos pais ainda eram vivos e não compreendíamos os problemas do mundo.

Antígona gostava de dizer que fomos condenados desde o princípio. Nós viemos do excesso — do desejo hedonista de nossos pais de verem a si mesmos replicados sem um refinamento, sem se preocuparem com nossas almas. Como resultado, eu carregava comigo muitos dos infortúnios de ontem. Antígona carregava muitos dos de amanhã. E Polinices carregava muitos dos de hoje.

E Etéocles, bem... Era difícil saber quem era Eti.

Dessa vez, foi diferente de quando dividíamos a cama em nossa infância. Ela pareceu tomada de pavor. Antígona e eu deitamos em cima dos cobertores, ombro com ombro, dividindo o canto do mesmo travesseiro. Fechei os olhos e tentei encontrar algo tranquilo dentro de mim. Porém, o acônito ainda estava na escrivaninha, exuberante e roxo, e o tremor de ansiedade percorria o braço de Antígona como uma corrente elétrica. Os dedos dela estavam enganchados nos meus. As mãos dela estavam úmidas de suor. As minhas também.

Nós não conversamos. Não havia nada a dizer.

Devo ter adormecido em algum momento — provavelmente por puro tédio — e acordei com um ruído.

Antígona já estava na beirada da cama, os cabelos soltos e despenteados na altura dos ombros, enfiando os pés nas sandálias. Antes que pudesse chamá-la, ela escancarou a porta e saiu correndo pelo corredor, e eu não tive escolha a não ser segui-la. Corri descalça pelo saguão, a pedra arranhando meus calcanhares, e a persegui pelas escadas, dando a volta no pátio. Escutei gritos distantes. Nenhum dos guardas estava onde deveria estar. Tudo parecia vazio e estranho, como se o mundo tivesse acabado e nós tivéssemos perdido o evento porque estávamos dormindo.

Cambaleamos juntas pelo pátio, onde as trepadeiras cresciam como fungos pelas paredes, e as pedras eram mais ásperas e pálidas. Elas cortaram meus pés. As portas que davam para a rua estavam escancaradas, a barra que normalmente as trancava pegando poeira no chão. Homens estavam emaranhados juntos no pátio, e em todos os lugares ressoavam grunhidos, rosnados e o som de metal contra metal. Gritos de dor, gritos de nomes, gritos de últimas palavras que deveriam encher a noite, mas em vez disso, sumiam em meio ao barulho. E no centro do pátio, havia dois corpos.

Uma vez minha mãe me disse que me conhecia de longe por causa da minha forma de andar. *E como eu ando?*, eu perguntei a ela, cheia de insegurança adolescente. Ela só deu de ombros e respondeu: *Como minha filha.*

Foi dessa forma que reconheci os corpos no meio do pátio como sendo dos meus irmãos.

Antígona correu para o meio da luta, abaixando para desviar de um soco. Ela caiu de joelhos ao lado dos corpos. A batalha já estava terminando. Não havia rendição. Ninguém ergueu as mãos, ninguém abaixou as espadas. Só havia a fuga ou a morte.

— Tirem-na de perto dele!

A voz de Creonte ecoou de uma das varandas. Ele estava parado ali, com o peito nu e cheio de cicatrizes dos anos que passou na polícia militar, a cabeça raspada refletindo o luar. Ele esticou um braço comprido e apontou para Antígona, que estava soluçando sobre os corpos de nossos irmãos. Eu não saberia dizer de qual, Polinices ou Etéocles, apesar de saber que os dois estavam mortos.

Um dos guardas a agarrou pelos ombros e a levantou como se não pesasse nada. Ela se debateu e chutou, mas ela era pequena — menor do que eu — e não havia nada que pudesse fazer. O guarda a arrastou para longe enquanto ela esperneava, sem dignidade.

Fiquei parada embaixo da cascata de trepadeiras. Havia corpos espalhados pelo pátio inteiro. O sangue parecia preto. Passei por cima de um, com cuidado, e depois de outro. Meus passos deixavam pegadas molhadas na pedra. Um guarda esticou o braço para me impedir de chegar mais perto dos meus irmãos. Parei atrás dele, obediente.

Meus irmãos tinham feridas idênticas, logo abaixo das costelas. Nos punhos cerrados — no direito de Etéocles, e no esquerdo de Polinices — estavam armas idênticas, pistolas pequenas do arsenal de Creonte. A de Etéocles foi dada a ele por Creonte, uma recompensa por sua lealdade. A de Polinices provavelmente foi roubada. Não havia ninguém perto dos dois. A julgar pela forma como estavam caídos, estava claro para mim que atiraram um no outro; um em oposição ao nosso tio, e outro, em defesa dele.

Condenados desde o princípio, eu me peguei pensando. *Todos nós.*

6

ANTÍGONA

Nós não tínhamos muitas fotos de quando éramos crianças, mas nas poucas que existiam, eu era indistinguível de Polinices. Nós dois nascemos com a cabeça cheia de cabelo escuro, um sorriso fácil, covinha em uma bochecha, mas não na outra. Ele manteve o sorriso. Eu mantive a covinha. Nós chamávamos de "nossas" fotos de bebê, porque nunca estava claro quem era quem.

Éramos uma raridade entre as raridades: gêmeos, em um mundo onde irmãos nem sequer eram geneticamente relacionados, onde os vivos só procediam dos mortos, polidos e despoluídos. Nós éramos feitos da mesma substância, duas partes de um só, a mais abominável entre as abominações. *O horror de uma era é a maravilha de outra*, minha mãe dissera uma vez, distraída, enquanto se servia de uma bebida. Era o mais próximo de defesa que ela já oferecera sobre sua escolha.

Duas partes de um só, e eu senti a perda dessa forma, como a perda de uma perna, um braço, um pulmão, um rim.

Eles me trancaram no quarto, mas não precisavam ter se dado ao trabalho. Fiquei sentada na beira da cama, calçando uma sandália, a outra fora descartada no batente da porta quando eu chutara e arranhara o guarda que havia me arrastado para longe do corpo de meu irmão.

Eu fiquei observando o sol raiar.

Uma batida ressoou na porta, e por um momento maravilhoso e único, pensei que era ele, vindo me contar que era tudo um truque, um ardil, e a revolução obtivera sucesso por causa disso, e era por esse motivo que não poderia ter me contado, porque a operação inteira dependia do fato de ninguém saber, e ele sentia muito, sentia tanto por ter me feito passar por tudo aquilo, mas agora éramos livres...

Certo. A batida.

O filho de Creonte, Hêmon, entrou no meu quarto com o ar de alguém que sabia que estava em um lugar onde não deveria. Nós estávamos noivos, mas o acordo não incluía nenhuma intimidade. A ideia tinha sido de Creonte, como uma maneira de consolidar seu poder. A filha de seu maior adversário, reconhecendo seu governo ao casar-se com seu filho. Era um ato de misericórdia, diziam alguns, para uma garota errada e amaldiçoada. Era uma tolice, diziam outros, casar seu único filho com alguém que podia não ter alma.

Hêmon era alto e largo, tinha a pele bronzeada pelo Sol e o rosto entalhado em pedra. Ele parecia ter sido projetado especificamente para que Creonte o amasse, e talvez tenha sido exatamente isso que acontecera — talvez Hêmon, como um todo, fosse a forma de Eurídice aceitar as limitações do seu marido, como sempre fazia, atenuando seu caminho.

Ele ficou parado como um soldado. Seu rosto não entregava nenhuma compaixão por mim.

Fiquei contente por isso. Não podia suportar tal coisa.

— Oi — disse ele, e era como um pedido de desculpas. Pigarreei.

— Presumo que esteja aqui com uma mensagem de seu pai — falei.

— Não. Posso me sentar?

Gesticulei para a cadeira em frente à escrivaninha. O vime se enrugou sob seu peso quando ele se sentou. Ele parecia grande demais para a mobília.

— Acordei com o caos — começou ele. — Mas queria ver se você estava...

Ele parou de falar.

— Suponho que faça sentido — eu disse. — Depois de um evento destrutivo, qual é a primeira coisa que as pessoas fazem? Elas avaliam os danos.

— Antígona, não foi isso...

— Bem, estou danificada. Você já avaliou. Agora pode ir embora.

— Queria ver se você estava *bem* — disse ele, fazendo uma carranca.

— Você sabia que eu não estava bem.

Ele amoleceu um pouco, como um varal que carregava lençóis demais, como uma árvore em meio a um dilúvio. Ele ficou em pé e virou-se para a janela, as mãos unidas atrás do corpo.

— Sim, eu sabia — disse ele.

— Você veio me falar alguma coisa — eu disse. — É melhor andar logo com isso.

Tentei ver o pátio lá embaixo pelos olhos dele. As trepadeiras presas nas beiradas da janela. As raízes secas do cipreste lá embaixo, salientes em meio à terra.

O que ele amava? O que ele sabia?

— Meu pai — disse ele, lentamente — decretou que o corpo do seu irmão não deve ser tocado. Será usado como aviso contra insurreições.

— Não deve ser tocado — repeti.

— Não deve ser *Extraído* — disse ele. — Será excluído do Arquivo.

As palavras eram como água fria descendo pela minha coluna.

— Como assim?

Hêmon olhou para mim, e depois desviou o olhar.

— Foi o decreto que ele fez logo cedo pela manhã — disse ele. — Aqueles que o violarem serão sujeitos à pena máxima.

— A pena *máxima*.

Ele me lançou um olhar significativo.

— Execução — eu disse.

Ele assentiu.

— Isso porque Creonte acha que Polinices não tem uma alma? — exigi saber. — Ou por causa do crime que cometeu?

— Presumo que seja uma junção das duas coisas — disse Hêmon. — Mas ele declarou que o motivo é esse último.

— Nem meu pai foi excluído do Arquivo — argumentei. — E tampouco aqueles que participaram das rebeliões.

— Eu sei. Aparentemente, ele sente que é preciso uma tática mais forte para desencorajar mais... tentativas.

Eu sabia que não havia nada de Creonte em Hêmon. Ele nem sequer providenciara o recipiente no qual Hêmon foi gestado. Ainda assim, queria socar Hêmon para ver se o pai dele poderia sentir; queria revidar de maneira tão selvagem quanto estava fazendo horas atrás, debatendo-me para voltar para meu irmão.

Em vez disso, sentei na beirada da cama outra vez. Enterrei os dedos do pé descalço na pedra até doer.

— Vou deixar você a sós com seu luto — disse ele.

O Extrator que Polinices me dera ainda estava na minha bolsa, escondido embaixo da cama junto das aranhas. Eu não conseguira me imaginar o usando, não de verdade, mas agora a ausência de seu peso na minha mão parecia como outra coisa que me havia sido arrancada. Os mais devotos em nossa cidade diriam que não havia motivo para guardar o icor de Polinices, porque eram apenas células, sem substância. Porém, eu sabia que meu irmão tinha uma alma. Eu sabia que ele não era vazio.

Hêmon se deteve ao lado da porta.

— Vou falar com ele — disse, e minha risada sarcástica acompanhou sua saída.

7

ISMÊNIA

Uma das criadas me acompanhou de volta ao quarto, e tentei não me ofender com o fato de não me acharem encrenqueira o bastante para precisar de um guarda. Ela não falou comigo, apesar de eu estar desesperada para ouvir algo normal, alguma bobagem sobre o café da manhã ou um comentário sobre o clima, alguma coisa, qualquer coisa que fizesse o mundo parecer mais como era antes, mesmo que fosse por um único segundo.

Fui direto para o banheiro e fiquei em pé na banheira enquanto ela enchia, a água ficando cor-de-rosa por causa do sangue na sola dos meus pés. Encarando meus dedos, tive a sensação inquietante de que já estivera ali antes, e me lembrei do projeto de artes que fizemos na escola; o professor pintando as palmas das nossas mãos e as solas dos pés, e então nos instruindo a pintar formas em um enorme pedaço de papel, usando as nossas pegadas e marcas das mãos. Cada um recebeu uma cor diferente, e a minha cor era vermelha.

Olhei outra vez para a cor-de-rosa claro clara e vomitei.

Passei o resto da manhã com a sensação de que algo estava me perseguindo, me impelindo a ir mais rápido. Esvaziei a banheira e esfreguei as pernas e os pés até estarem avermelhados. Trancei o cabelo e escolhi um vestido. Escolhi um diferente quando lembrei que estava de luto. Amarrei as sandálias com firmeza ao redor do tornozelo. Comi o café da manhã aos poucos. Pedaços de torrada e mordidas na maçã. Seca, azeda e de dar náuseas.

Escutei o decreto dali. Não as palavras exatas, mas o formato delas, o timbre da voz de Creonte reconhecível mesmo através das paredes e janelas. Cornetas ressoavam no nosso distrito para anúncios como esse. Eu já as ouvira antes, para avisos de tempestades, de incêndios, de níveis altos de radiação e toques de recolher.

Foi a criada que trouxe meu almoço que me contou o que ele disse.

Depois, Eurídice apareceu, com aquela presença silenciosa que lhe era comum, os olhos avermelhados e os cabelos finos emoldurando as bochechas levemente molhadas, como se tivesse jogado água no rosto.

— Eu sinto muito — disse ela.

Eu estava chorando. Isso estava acontecendo o dia todo, as lágrimas vazavam do meu corpo, tão passivamente quanto um sangramento.

— Pelo quê? — perguntei, com certa amargura na voz.

— Fez alguma coisa que eu não sei? — Inclinei a cabeça.

— Ou talvez fracassou em fazer?

Ela espremeu os lábios em uma linha firme.

— Vim perguntar se você gostaria de fazer a Extração de Etéocles — disse ela.

Senti como se tivesse bebido veneno. A amargura preencheu minha boca, minha garganta. A amargura azedou meu estômago e secou minhas lágrimas. Oferecer isso para mim como se fosse clemência era o ápice da crueldade. É claro que eu faria a Extração de Etéocles. É claro que Creonte permitiria isso — meu irmão morrera o defendendo. Claro.

E Polinices ficaria apodrecendo.

Eu a segui pelos corredores até chegar ao pátio. Estava claro lá fora, o céu como uma névoa branca, e o resto dos cadáveres haviam sido retirados dali. As manchas de sangue foram lavadas, e depois cobertas por uma camada nova de poeira. As plantas pisoteadas foram removidas pela raiz, o lugar que costumavam ocupar estava batido e plano. E deitado de costas, embaixo do cipreste, estava Etéocles.

A pele dele estava coberta de poeira. O sangue secara na boca. Alguém posicionara suas mãos na lateral do corpo e endireitara as pernas, uma postura que ele jamais tivera em vida, então ele não se parecia com o que era — como se fosse uma estátua do meu irmão, em vez da sua forma de verdade. Fiquei parada aos seus pés durante longos minutos.

Etéocles me conhecia, e eu o conhecia. Às vezes, ele tinha dificuldade de entender as coisas; ele achava mais fácil simplesmente seguir as regras. Como ele ansiava não por elogios, mas pela afirmação de que ele estava fazendo o que era esperado dele. Como ele invejava a energia vivaz dos nossos irmãos gêmeos e compartilhava comigo o desejo de ser como eles, feito só de extremos, sempre à beira de algum tipo de revelação. Só que não éramos como eles. Éramos como nós dois. Silenciosos e comedidos. Uma xícara de farinha nivelada com a parte chata de uma faca. Um porta-retrato pendurado com precisão na parede. O ritmo de um metrônomo.

Três mulheres mais velhas saíram da casa. Eram sempre três, esperando que a Extração terminasse. Elas embrulhariam o corpo em uma mortalha e então o levariam; duas segurando a cabeça, e a outra, os pés. Olhei por cima dos seus ombros redondos para a rua que ficava além do pátio, onde uma carroça aguardava o corpo de Etéocles. Elas o levariam até a câmara mortuária e depois o cremariam.

Só haveria mulheres lá. Nenhum homem ousaria tocar um corpo, temendo o vazio. Coisas vazias eram famintas. Gostavam de devorar. Porém, mulheres eram diferentes. Depois que não tínhamos mais a capacidade de gerar vida, nossa única responsabilidade era cuidar dos mortos.

— Quero um pouco de água — disse para uma delas. — E um pano.

Eu me ajoelhei ao lado da cabeça dele e esperei. Alguns minutos depois, a mulher mais velha — ou era o que parecia, as rugas eram mais fundas — me trouxe uma cumbuca pequena de água com um pedaço de pano dobrado, e eu comecei a limpar o rosto do meu irmão. Esfreguei o sangue seco perto da boca. Passei o pano úmido nas bochechas e na testa. Descobri meu pai outra vez em seu nariz torto, e minha mãe nos lóbulos da orelha.

Quando terminei, Eurídice me entregou um Extrator. Levantei a camisa de Etéocles. Havia uma cicatriz no abdômen, da retirada do apêndice. Levei quatro dedos à barriga fria, embaixo do umbigo.

Eu era mulher, portanto, essa tarefa era minha. Minha e de Antígona. Nós tínhamos aprendido os procedimentos certos com a nossa mãe, e ela aprendera com a sua. Ninguém nos perguntou se queríamos fazer isso. Ninguém nos perguntou se aguentaríamos.

No caso, eu não aguentava, mas fiz mesmo assim.

Fiz a prece e finquei o Extrator no corpo.

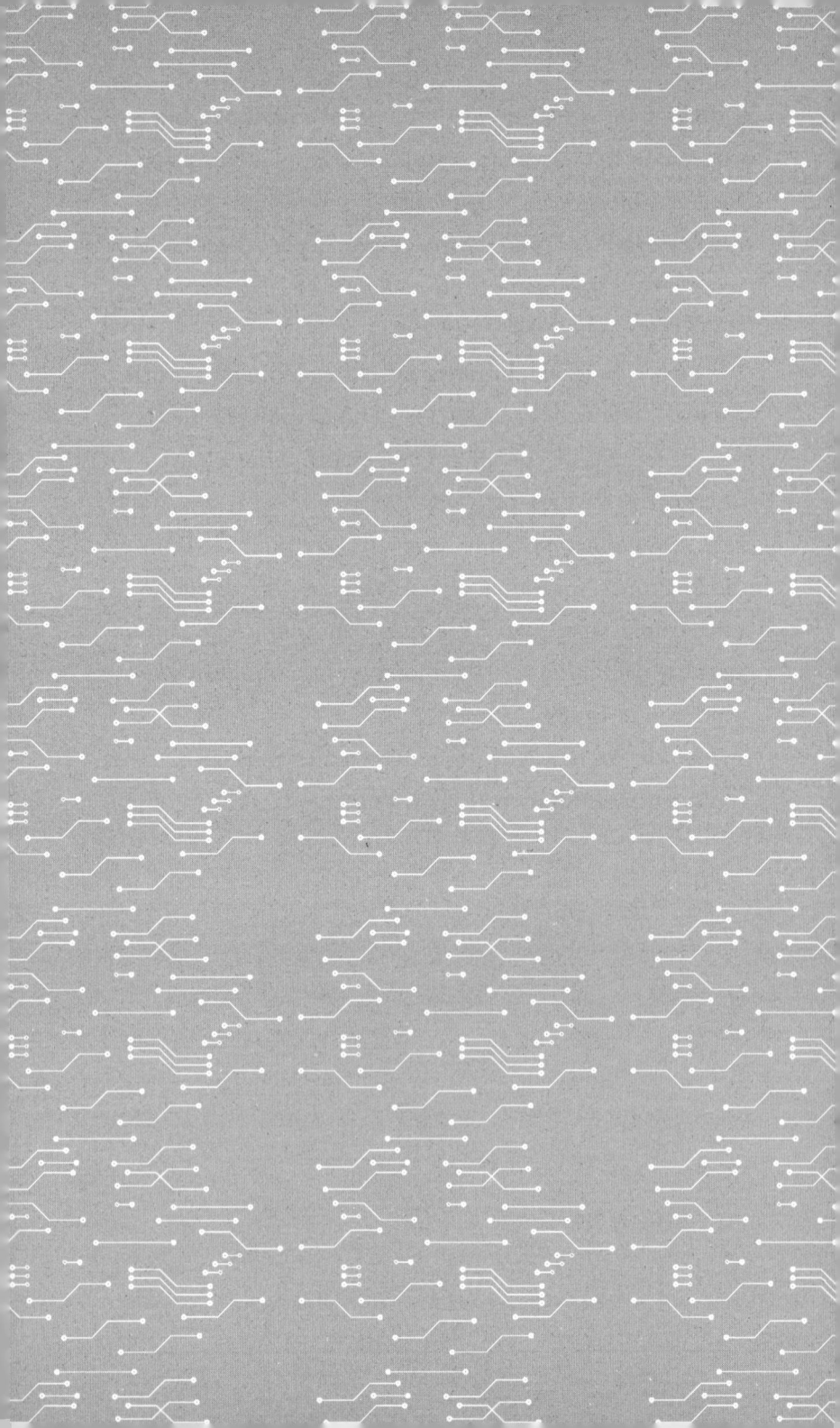

8

ANTÍGONA

Os boatos — repassados pela criada que veio trocar meus lençóis mais tarde naquela manhã — diziam que o corpo de Polinices estava sendo exibido na rua ao norte da casa de Creonte, guardado por soldados. Depois que passassem vinte e quatro horas de sua morte, o icor não seria mais viável, e o corpo seria retirado.

Destrancaram minha porta e eu caminhei até a parte norte da casa, onde duas paredes me separavam do corpo do meu irmão. Pensei em olhar pela janela para ver o espetáculo grotesco, e meu estômago embrulhou diante da ideia. Quando saí de casa alguns minutos depois, fui pela porta dos fundos e fiz a rota sinuosa, caminhando pelo Distrito Neista para chegar ao Distrito Norte. Quando me virei para ver se estava sendo seguida, conseguia ver apenas o brilho reluzente da ponta da Trirreme, com o nariz voltado para o céu.

Esperava que minha mente estivesse ocupada, talvez até frenética. Em vez disso, sentia a imobilidade. Via os prédios enviesados, as lojas com as panelas e frigideiras deterioradas empilhadas na calçada, as barracas de comida com fumaça pairando como uma nuvem acima, as crianças vendendo maços de ervas-daninhas, os bêbados recostados nos batentes das portas, as idosas sentadas nos degraus da frente de suas casas enquanto costuravam roupas velhas. Não pensei no meu irmão, no Extrator dentro da bolsa, no corpo dele se transformando em um monumento funesto para homenagear a crueldade de Creonte. Não pensei em nada. Caminhei por quase uma hora. O Distrito Norte era vizinho do Sétimo, onde eu morava, mas era um dos maiores; estendia-se por diversos quilômetros.

Quando cheguei na porta de Part, ele me cumprimentou com um aceno de cabeça e me deixou entrar. O seu apartamento ficava no térreo, então o barulho da rua o preenchia. Ele morava ali com diversos outros que eu não sabia os nomes e também com sua mãe, uma mulher corcunda e enrugada que usava um lenço embrulhando o cabelo. Quando entrei, ela me encarou e disse:

— Se já não estivesse morrendo, esse rosto provavelmente teria me matado, garota.

— Então é melhor não olhar — respondi, e a risada dela saiu como um chiado.

Part me fez sentar na sua cozinha com um copo d'água, e esperei Ismênia chegar. Sabia que ela viria, porque eu pedira isso a ela, e Ismênia sempre fazia o que eu pedia. Estava torcendo para que essa qualidade se ampliasse para além de uma caminhada longa ao Distrito Norte.

No apartamento de cima, alguém estava ouvindo música. O baixo fazia a água no copo tremer, que permaneceu intocada em cima da mesa. Algum tempo se passou antes de ouvir a batida de Ismênia na porta, um toque leve. Ela veio até a cozinha, as mãos entrelaçadas na frente do corpo. Os olhos estavam vermelhos por causa das lágrimas.

— Tig, o que aconteceu? — disse ela, e eu senti uma dor lacerante.

Aquele apelido. Foi Pol quem me deu quando éramos crianças.

— Desculpe — disse ela. — Eu não queria...

— Eu sei — interrompi. — Só precisava falar com você em algum lugar onde soubesse que ninguém iria nos escutar.

Nós duas olhamos para a porta que separava a cozinha da sala de estar.

— Onde eu soubesse que Creonte não estaria escutando — corrigi.

Ismênia se sentou na cadeira de frente para mim. Deslizei o copo d'água em sua direção, e ela tomou um gole enquanto eu enfiava a mão na bolsa que ainda segurava e tirava dali o Extrator.

Eu o depositei na mesa entre nós duas.

— É da mamãe — disse ela. Um olhar aguçado, como sempre. Ela passou as pontas dos dedos por ele, em reverência. — Onde você conseguiu?

— Polinices me deu ontem — eu contei. — "Só por precaução." Foi o que ele me disse.

Ela retraiu a mão como se tivesse levado uma mordida do Extrator.

— Você *sabia*?

— Eu não sabia de nada — respondi. — Ele não quis me contar.

— Ah, claro. Nosso irmão estava preocupado que pudesse morrer — disse ela. — Mas por que você me contaria? Não é como se ele também fosse meu irmão, certo?

— Eu...

— Não peça desculpas — retorquiu ela. — Vocês dois sempre foram assim. Como se nadar no mesmo útero com ele tivesse concedido a você uma capacidade maior para amá-lo.

Eu não discuti com ela; não adiantava de nada. Porém, os místicos acreditavam que compartilhar um corpo com alguém criava uma conexão sagrada, o elo entre mãe e filho, o elo entre marido e mulher. Era tão difícil acreditar, então, que compartilhar um corpo com meu irmão forjara uma conexão semelhante? Na nossa infância, quando ele caía, era eu que chorava. Quando ele estava doente, era eu que vomitava. O que eu deveria fazer agora que ele estava morto?

Ela enxugou os olhos com a manga da camiseta.

— Agora não importa mais — disse ela. — Nada disso. O decreto de Creonte...

— Para a *puta que o pariu* com o decreto de Creonte — eu disse.

— Você não pode estar pensando... — Ela fez uma carranca. — Vai fazer isso mesmo assim?

— Nós não excluímos ninguém do Arquivo — argumentei. — Nem mesmo assassinos, ladrões ou rebeldes. Nós não negamos a ninguém a chance da imortalidade.

— Eles não acreditam que nós temos *alma*, Antígona.

— Eu não me importo. Eu acredito.

— Você nem acredita em imortalidade.

— Ele acreditava.

— Você obviamente não andou pelas ruas — rebateu ela. — Porque se tivesse andado, saberia que não há nada a não ser espaço e guardas perto do corpo dele. Não existe nenhuma chance de você conseguir chegar perto.

— Sozinha, não — falei. — Mas se eu tiver ajuda...

— Ajuda — repetiu ela. — Minha ajuda?

— Bom, não vou pedir para Part, que é conhecido como arruaceiro — falei. — Nós somos mulheres. Ninguém vai pensar que somos uma ameaça. Ninguém sequer vai pensar em nós.

— Até nos verem atravessar a praça em direção ao corpo dele e nos prenderem!

— Nós vamos planejar.

— E o plano vai nos deixar invisíveis?

— Não é um risco que vale correr para você? — perguntei. — Não vale a pena nem mesmo a *tentativa*?

— Ele matou nosso irmão — disse ela.

— Ele é nosso irmão — retruquei. — E ele era o melhor dos dois.

— Você ofende um na tentativa de salvar o outro?

— Sim! — exclamei. — Vou fazer o que for preciso para salvá-lo!

O silêncio recaiu na sala ao lado enquanto Part e sua mãe indubitavelmente me ouviam. Ismênia balançou a cabeça.

— Você é suicida.

— Não. Eu só não sou uma covarde.

Eu me arrependi do que disse um instante depois, quando ela apenas me encarou de olhos arregalados, como se não pudesse acreditar que eu pensasse tão pouco dela.

— Não é covardia fugir de um incêndio em vez de tentar apagá-lo com cuspe — disse ela. — É sobrevivência.

— E de que adianta a sobrevivência se você se vender no processo?

Ela ficou em pé e alisou a camiseta, e eu sabia que ela estava pronta para ir embora.

— Não me faça te odiar, Ismênia — eu falei. — Não quando eu te amo tanto.

Ela não olhou para trás.

9

ANTÍGONA

Quando os quatro da progênie órfã de Édipo e Jocasta — na época, adultos, ou quase isso — foram morar na casa de Creonte, levamos apenas aquilo que pudemos carregar, e atravessamos a pé uma cidade silenciosa que ainda estava sob isolamento militar. Olhos nos acompanhavam pelas janelas escuras enquanto passávamos por ali, escoltados por guardas, e de vez em quando ouvíamos batidas quando os simpatizantes de nosso pai tamborilavam os dedos no vidro. Em um quarteirão, paramos para ouvir o ruído ao nosso redor, como a chuva batendo na janela.

Nós caminhamos por um longo trajeto, já que minha mãe insistira em morar perto da Universidade, que ficava no Distrito Proitide, no lado mais distante do morro onde fica o Arquivo. Enquanto andávamos, eu pensei em correr. Fugir da cidade e tentar minhas chances no vazio que ficava além dela. Porém, havia apenas a morte lá fora; meu pai já a testemunhara. De vez em quando, a universidade tentava estabelecer contato com outras pessoas, em qualquer lugar do planeta. Só que não havia nada. Nenhum sinal de vida. Não havia para onde fugir.

Então, continuei andando.

Eurídice nos cumprimentou na entrada do pátio, que ficava aberto para a rua, seu sorriso caloroso destoando dos soldados que nos cercavam, "para nossa segurança", de acordo com Creonte. O que me parecera estranho na época não foi o silêncio de nossa cidade, ou os guardas rondando as ruas para certificarem-se de que todos estivessem dentro de suas casas, ou a falange de soldados nos cercando, e sim o jogo de fingimento que todos pareceram concordar em fazer sem nunca me consultar. Creonte transformando em espetáculo sua generosidade, sua responsabilidade para com a família. Eurídice nos mostrando toda a casa, nos deixando na ala leste para escolher nossos quartos como se fosse um presente. O sorriso firme, os olhos cintilantes.

Apenas o filho deles, Hêmon, recusou-se a entrar no jogo, os olhos cautelosos encontrando os meus do outro lado da mesa de jantar, a voz ecoando pelos corredores enquanto perguntava ao pai o motivo de haver tantos guardas posicionados na ala leste. Ele nos tratou como os reféns que éramos, e nas semanas que sucederam nossa chegada, eu me vi grata por essa reação. Ao menos ele não estava mentindo para mim.

No entanto, foi Polinices o motivo de todos termos aprendido a sobreviver ali. Ele aprendeu o nome de todos os guardas, e desenvolveu piadas internas com eles. Convenceu Eurídice a nos conceder certos confortos — um vaso de plantas para o parapeito de Ismênia, uma xícara de chá para ele todos os domingos, um desenho esquematizado da Trirreme para minha parede, e para Etéocles, uma posição como assistente de Creonte.

Olhando para trás, me perguntei em que momento Polinices se tornou um revolucionário. Poderia ter sido na nossa chegada. Talvez sua intenção fosse que Etéocles se tornasse um informante. Talvez tivesse achado incontestável que Etéocles iria ajudá-lo, assim como eu pensei que era incontestável que Ismênia iria querer me ajudar.

Agora eu me perguntava: será que eu conhecia algum deles assim tão bem?

Depois do meu confronto com Ismênia na cozinha de Part, tomei o caminho mais comprido de volta para casa, com o cabelo preso em um lenço para que me reconhecessem com menos facilidade. Entrei pela porta dos fundos, andando pela cozinha, onde todos estavam ocupados com os preparativos do jantar, e percorri os corredores sem adornos onde a criadagem trabalhava. Passei pelo pequeno pátio a caminho da ala leste, e Hêmon estava lá, parado embaixo da trepadeira.

Depois que nosso noivado foi anunciado, ouvi alguns criados da casa discutindo o assunto — como eu não o merecia, como qualquer mulher na cidade adoraria trocar de lugar comigo; como Creonte pudera prometer seu filho a uma criatura tão distorcida? Quem saberia o que seu corpo imperfeito, nadando em genes brutos, faria com uma criança?

Porém, Creonte sabia o que eu sabia: se ele não unisse um de nós a Hêmon, nós — ou nossos filhos — seríamos para sempre rivais de Hêmon. E Creonte acreditava em eliminar a competição.

Então, Hêmon e eu fomos designados um ao outro, e ele se tornou meu adversário, o homem que eu não escolhera, que eu não queria, e que não me queria de volta. Ainda assim, parado embaixo da trepadeira, com um olhar preocupado no rosto, a camiseta repuxada pelos ombros, eu me lembrei de que a maioria das pessoas teria se sentido sortuda por casar com este homem. Era uma pena que não podiam, pensei.

— Estava esperando por mim? — perguntei.

— Você foi embora — disse ele. — Suponho que estava... preocupada.

— Precisava tomar um ar — respondi. — Não estava correndo perigo.

— É de costume levar um guarda.

— Eu gosto de andar sozinha.

— Hum. — Hêmon travou sua mandíbula. — Então você e sua irmã decidiram andar sozinhas ao mesmo tempo, separadamente?

Inclinei a cabeça e o examinei por um segundo.

— Seu pai mandou você até aqui para me interrogar?

— Eu não sou tão criado dele quanto você supõe que eu seja.

— Não sei se faz ideia do que eu suponho sobre você.

— Sei que pensa em mim com pavor — disse ele, e seus olhos eram penetrantes o bastante para me atingirem até os ossos. — E sei que não tem motivo para isso. Eu não mantenho ninguém refém.

— Não, talvez você, não — disse, baixinho. — Mas você também não soltou nenhum, não é?

— Se quiser que eu te escolte para fora da cidade até os ermos — disse ele —, posso fazer isso. Mas não acho que você queira estar lá.

Era dito que aquela cidade fora fundada ali devido aos níveis de radiação comparativamente baixos — que quando nossos ancestrais fugiram de suas casas, não estavam munidos de nada além de um contador Geiger, e a maior parte deles morrera durante a jornada. Eu não teria acreditado nisso, se meu pai não tivesse visitado o lado de fora da cidade. Era exigido que todos os políticos fossem até lá ao menos uma vez, para ver com os próprios olhos como era o mundo. Meu pai não tinha medo, então fazia a viagem com frequência. Ele me mostrara seu traje antirradiação certa vez, e o aparelho que usara para medir níveis de radiação — alguém fazia a verificação todos os anos, para ver se estavam diminuindo, se havia alguma chance de o planeta estar se curando.

Uma hora, vai se curar, ele me dissera. *A única questão é: podemos sobreviver tempo o bastante para testemunhar isso?*

E essa era a finalidade de tudo, do Arquivo, da edição de genes, da gravidez compulsória, e até da obsessão de Creonte por estabilidade: nós só precisávamos suportar até que o resto do planeta se tornasse habitável outra vez. A Trirreme, cintilando no meio da cidade como um cometa caído, era somente um plano reserva desesperado: enviar um sinal implorando por ajuda, aguardando que alguém respondesse. E não era o plano em que a maioria das pessoas depositava confiança.

— Não — eu disse. — É engraçado, mas eu preferiria que minhas entranhas não fossem corroídas por radiação.

Uma sombra de um sorriso passou pelos lábios de Hêmon.

— Somos todos reféns aqui — disse ele. — O nosso próprio planeta nos mantêm aqui com uma faca. Mas eu e você… podemos fazer o melhor com o que nos foi dado. E não tenho intenção de te causar ainda mais tristeza do que já suportou.

Hêmon nunca mentira para mim, não é verdade?

Porém, havia uma primeira vez para tudo. Em algum dia no futuro, ele teria mais poder sobre mim do que qualquer outra pessoa. E era necessário um homem excepcional para não abusar desse poder. O quanto Hêmon era excepcional?

— Prove — eu disse, de súbito.

— Como assim?

— Prove — falei outra vez, dando um passo para mais perto dele. — Me ajude.

Ele franziu o cenho. Eu enfiei a mão na bolsa e tirei de lá o Extrator, só o bastante para ele ver o que era.

— Me ajude — repeti.

Eu o observei considerar com cautela. Ele ergueu os olhos para o céu nebuloso.

— Tudo bem — disse ele.

— Tudo bem?

— Sim — ele falou. — Me encontre aqui à meia-noite.

— Será em cima da hora — eu disse.

Pol morrera pouco depois da uma da manhã. Só teríamos uma hora para fazer a Extração.

— Vai ser o suficiente. Preciso preparar algo primeiro.

Tudo que eu pude fazer, por um instante, foi pestanejar. Então, assenti.

O Extrator era uma maravilha. A maior parte das pessoas o avaliava como teria feito com uma varinha mágica ou um amuleto amaldiçoado — como se não pudesse ser tocado descuidadamente, como se fosse preciso rezar para ele, *venerá-lo*, para que cumprisse seu trabalho. Nem minha mãe, tão determinada que soubéssemos os nomes corretos das coisas, pudera simplificar o processo o bastante para que eu pudesse compreender. Em vez disso, eu recorria à linguagem figurativa.

Precisava entrar na parte baixa da barriga. Eu praticara em Ismênia uma vez, quando éramos crianças. Coloquei quatro dedos embaixo do umbigo dela para marcar o lugar, e então a cutuquei com um bastão, mais forte do que era minha intenção, e ela pulou e me deu um tapa em retaliação. Depois que voltou a se deitar, eu sacudi os dedos no ar acima da pélvis dela, para representar os insetos microscópicos que rastejavam pelo corpo dela à procura dos ovários. Meu professor os chamara assim, nos lembrando de que um mosquito era capaz de sentir o cheiro de dióxido de carbono a nove metros de distância, então era uma coisa tão estranha assim que o Extrator pudesse buscar as células corretas?

Depois de encontrá-las, arrancava o icor do corpo, deixando apenas destruição em seu rastro. Um Extrator era brutal demais para fazer seu trabalho nos vivos. Deixava hematomas na superfície, e ainda mais danos internos.

Logo depois que fiz o acordo com Hêmon no pátio, eu me deitei na cama com o Extrator na mão esquerda e apalpei embaixo do umbigo com a direita para encontrar o local. Posicionei a ponta do mecanismo contra minha pele. Essa era a visão que Polinices teria, caso ainda estivesse aqui, com a alma presa dentro do corpo, vivendo em suas células.

Rezei para termos nuvens, porque uma noite escura significa proteção, mas o céu limpou enquanto eu jantava à minha escrivaninha, e quando chegou a hora marcada, a lua estava reluzente o bastante para que eu pudesse ler. Ainda assim, vesti as minhas roupas mais escuras e escondi o Extrator no cós da calça, cobrindo-o com a jaqueta para disfarçar o volume. Satisfeita com meus passos silenciosos contra a pedra, andei até a cascata de trepadeiras, onde Hêmon me aguardava.

— Está claro — disse ele, como forma de cumprimento.

— Não é bom para nós.

— Eu sou amaldiçoada. Não ouviu os boatos?

Hêmon sorriu com ironia.

— Eu não acredito em maldições.

— Que bom para você — respondi. — Então, qual é o plano?

Ele deu de ombros.

— Arrumei uma distração mais cedo.

— Você *arrumou*... como?

— Confie em mim. Vamos.

Atravessamos o pátio e percorremos o corredor até a cozinha, onde alguns criados estavam sentados, jogando baralho, uma pilha de grãos de milho seco no meio servindo de fichas de aposta. A mão de Hêmon segurou a minha, e a surpresa foi a única coisa que me impediu de me afastar.

— Desculpem interromper — disse ele. — Vamos só sair pelos fundos.

Tentei sorrir, mas não parecia certo. Ele me puxou em direção à porta e eu tropecei atrás dele, saindo na viela nos fundos da casa. Estava cheirando a podridão, e esmaguei cacos de vidro sob a sola dos sapatos.

Ele afastou a mão.

— Não acredito que esqueci que era noite de pôquer — disse ele.

— Noite de pôquer?

— Eles se reúnem toda semana para jogar. Já participei algumas vezes.

Aquilo não combinava com a imagem que fazia dele, sentado na mesa gordurosa da cozinha onde os cozinheiros sentavam-se para descascar batatas depois de um longo dia, com os cotovelos apoiados na mesa, as mangas enroladas e as cartas na mão. Mesmo naquele instante, ele parecia austero demais para isso, os ombros enrijecidos, imitando a postura de um soldado.

— E você joga bem? — perguntei.

Ele riu.

— Não. Perdi todos os meus milhos, todas as vezes. Mas como pode ver, ajuda a fazer as pessoas certas gostarem de mim.

Chegamos ao final da viela e começamos a andar pela rua que contornava a casa comprida. Em frente, escurecida pelos prédios, ficava a rua onde o corpo do meu irmão estava sendo exibido. O luar reluzia em meia dúzia de janelas. O Extrator afundava contra meu quadril a cada passo.

A rua contornava uma esquina da casa de Creonte, onde o reboco se partira, mostrando a pedra que havia embaixo. A fundação ali estava rachada, a construção gasta pelo tempo, mesmo sendo a melhor da cidade. Nem Creonte conseguia escapar da deterioração. Era difícil imaginar um tempo em que as coisas não haviam sido assim — quando as plantas cresciam livres na natureza, mantendo-se apenas com o esparramo das próprias sementes; quando as planícies além da cidade estavam recobertas de animais que nós não havíamos criado; quando os genes persistiam através de gerações, presenteando uma pessoa com a testa de sua avó, o queixo de seu bisavô. Agora, tudo exigia esforço. Tudo exigia edição.

A rua se abriu adiante. Vi os contornos dos soldados que a protegiam — não estavam espalhados como provavelmente ficavam durante o dia, cada um guardando uma esquina, mas reunidos em volta de uma chama pequena, acendendo os cigarros. Alguns metros atrás deles, havia um vulto escuro no chão. Polinices.

— Espere aqui — Hêmon me disse. — Até estarem distraídos.

— Como vou saber?

— Não vai ser sutil.

Fiquei parada no meio da rua, na escuridão, e aguardei. Hêmon enfiou as mãos nos bolsos e seguiu na direção dos guardas. Eles se sobressaltaram quando o reconheceram, como se tivessem sido pegos cometendo uma infração pelo próprio Creonte. Hêmon apenas acenou com a mão, tranquilizando-os.

— Tem um sobrando? — ele perguntou aos guardas.

Um deles materializou um cigarro novo, e outro estendeu o seu para que Hêmon pudesse acender. Vi uma cortina tremular no prédio do outro lado da rua, e então, em algum lugar mais distante do quarteirão, ressoou uma explosão gigantesca. O chão estremeceu. Um fio de chamas subiu pela rua, seguido de uma nuvem de fumaça. Gritos ecoaram pela cidade. Hêmon olhou para os guardas, assustado.

— Mas que porra... — um dos guardas começou.

— Bem, o que estão esperando? — indagou Hêmon. — Vão!

— Mas... — outro disse, gesticulando para a forma de Polinices no chão.

— Eu sou perfeitamente capaz de vigiar um cadáver — disse Hêmon. — Vão!

Comecei a andar na direção da praça, cautelosa a princípio, e, então, quando os guardas saíram na direção da explosão, eu irrompi em uma corrida. Tropecei na praça e caí de joelhos ao lado do corpo de Polinices.

O tempo pareceu desacelerar enquanto eu olhava para ele. Escutei meu batimento cardíaco, as pulsações gêmeas, válvulas fechando, válvulas abrindo.

Tum, tum.

Ele ainda se parecia consigo mesmo, mas o corpo estava recoberto por uma camada de poeira clara. Os braços descansavam em um ângulo torto sobre o peito, como se ele tivesse sido arrastado até ali e largado sem nenhuma cerimônia. Os sapatos haviam sumido. A camisa estava encharcada de sangue.

Tum, tum.

Estiquei a mão para tocá-lo, sem conseguir me impedir. O pulso dele parecia errado, frio demais, rijo demais. Engasguei em um soluço enquanto abaixava seu braço, deixando-o perto do corpo. A pele perdera a coloração, fosse pela decomposição iminente, ou pelo luar. Eu não sabia dizer.

Eu não fizera as preces sobre os corpos dos meus pais. Foi Ismênia. Era, claro, ofício de uma mulher. Trazer a vida, levar para a morte. Porém, percebi que memorizara as palavras mesmo assim.

Tum, tum.

Eu as recitei para meu irmão. Nós não implorávamos por coisas nas preces — isso era apenas para os Discípulos de Lázaro. A nossa prece era uma lista de exigências. *Torne seu descanso tranquilo. Teça sua alma pelo corpo, para ser preservada e renovada. Guarde o melhor dele e deixe que o pior seja esquecido.*

Precisava me apressar, mas senti como se estivesse atravessando a maré enquanto puxava o Extrator sob a jaqueta. Segurei-o com as duas mãos. Um grito ecoou pelo pátio. Alguém veio correndo na minha direção. Pressionei o botão na lateral do Extrator, e uma agulha se estendeu do fundo, parecendo uma seringa gigante. Eu o posicionei em cima da barriga do meu irmão.

Uma mão forte enlaçou meu pulso, arrastando-o para trás. Eu me virei com a outra mão, a agulha erguida como se fosse uma arma. O guarda que me impedira retorceu meu braço atrás das costas, e eu vi estrelas. O Extrator caiu no chão ao lado de Polinices. Eu me vi implorando.

— Por favor — supliquei. — Ele é meu irmão. Por favor.

— Desculpe — disse ele ao meu ouvido, enquanto me arrastava para longe.

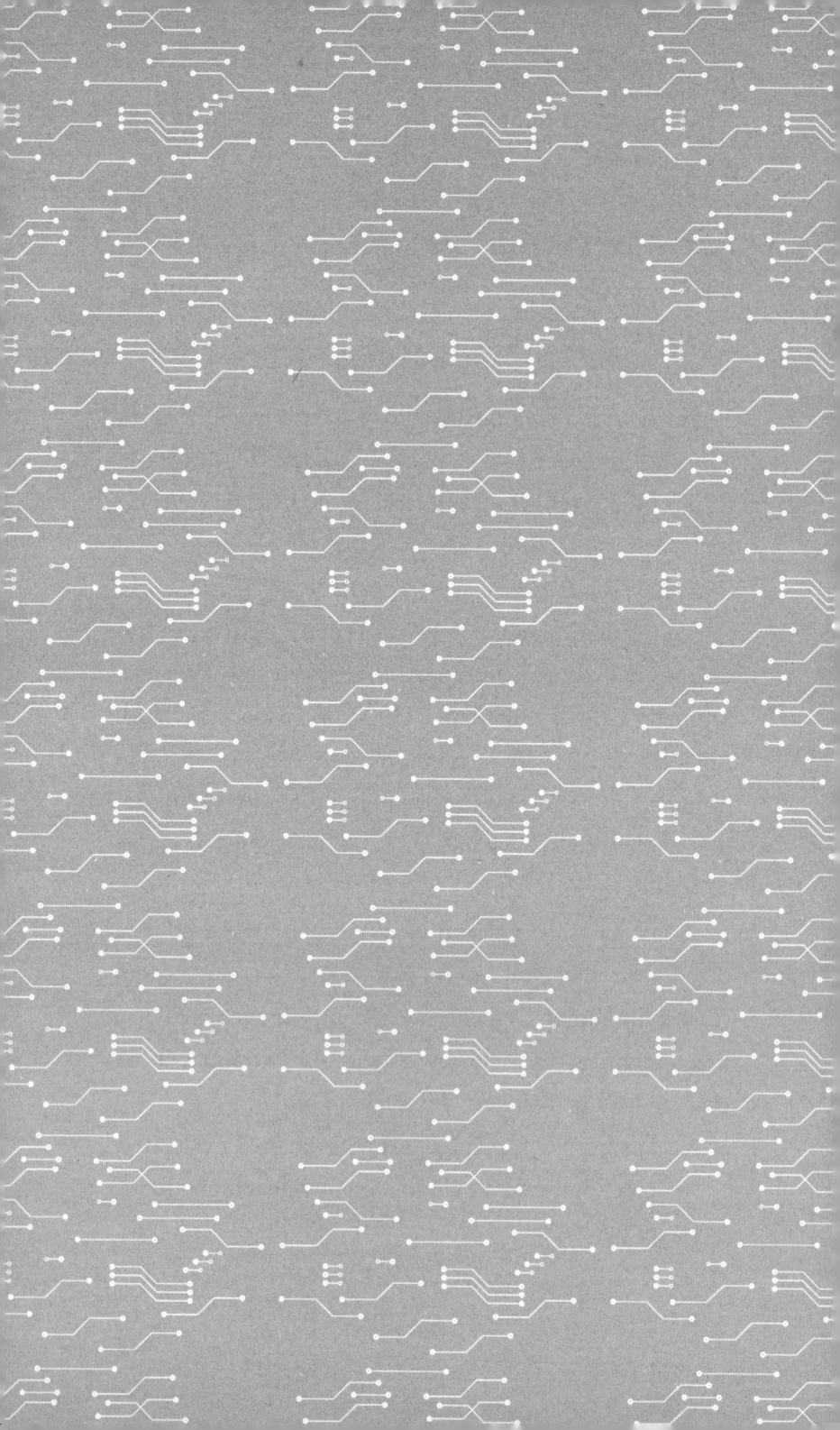

10

ANTÍGONA

— Se você fosse um homem — Polinices me perguntara certa vez —, o que você seria?

Na época, aquela pergunta me irritara. Nós estávamos sentados nos degraus da frente da casa de nossos pais, quando adolescentes, dividindo um cigarro. Nenhum dos nossos cigarros ainda era feito de tabaco — tabaco não era útil e não era alimento, então não valia o gasto para o plantio. Em vez disso, fumávamos o estigma do milho, enrolado em um papel fino. Era só uma atividade fútil, algo para fazer com as mãos enquanto conversávamos.

Eu respondera, soprando fumaça pela boca:

— Alguém cujos dons não são desperdiçados sem motivo nenhum.

Eu não queria alterar meu corpo. Eu gostava do ritmo que fornecia à minha vida, subindo e descendo, inchando e diminuindo, doendo e soltando, acompanhando cada ciclo da lua. E embora soubesse que havia alguns homens — o governo não os chamava dessa forma, mas minha mãe, sim — que ainda eram capazes de gerar filhos, eu não era um deles tampouco. *As pessoas se conhecem*, dizia minha mãe. *Não por inteiro, nem sempre, mas conhecem o bastante.* Ela estava certa. Eu não desejava ser um homem. O que eu desejava, em vez disso, era a liberdade de seguir minhas inclinações. A primeira vez que Polinices compareceu a uma reunião dos rebeldes, esgueirando-se de casa pela madrugada, fiquei com raiva de não poder acompanhá-lo. Eu conhecia meu valor. Conhecia minha força. A rebelião seria melhor se eu pudesse me juntar a eles também. Minha ausência era um prejuízo para eles.

Porém, o útero que me concedia a vida com seus fluxos e marés fazia com que meu corpo fosse sagrado para o governo, e, portanto, particularmente sujeitado ao seu poder. Minha mãe dizia que aquilo era bobagem. Ela dizia que proteger uma coisa era só uma desculpa para controlá-la. Ela dedicou sua vida a libertar as pessoas desse controle. *A tecnologia pode ser usada para a libertação, além da opressão*, escreveu ela, quando solicitou ao governo que permitissem que ela desenvolvesse um útero artificial. *Deixem-me provar isso a vocês.*

Foi assim que meus pais se conheceram.

Minha mãe conseguira esculpir para si um lugar em um mundo que recusava ceder um para ela, porque simplesmente era brilhante demais para ser ignorada. Devido ao seu intelecto, ela obteve permissão de ocupar espaços que nenhuma outra mulher poderia ocupar. Era a grande decepção da minha vida que eu não fosse excelente o bastante para fazer o mesmo.

Eu deveria ser protegida. Polinices respondera quando reclamei do desperdício dos meus dons. Foi a primeira vez desde que éramos crianças que eu o empurrei. Eu não pude pensar em nenhuma outra coisa a fazer.

No presente, trancada em meu quarto, aguardando o amanhecer, percebi que toda aquela proteção fora em vão. Creonte ordenara a execução de qualquer um que tocasse no corpo de Polinices e que tentasse coletar seu icor. Então de que adiantara, guardar meu útero? Eu morreria de qualquer forma. Meu corpo estava perdido.

Roí as unhas, observando o céu se iluminar.

Será que precisava ser assim?

Minha mãe era uma cientista. Quando menstruei pela primeira vez, aos treze anos, ela explicou tudo que ocorria ali para mim, como meus órgãos conheciam os passos daquela dança complexa, a mesma que faziam durante toda a história da humanidade. Eu começara a chorar, porque sabia que alguma coisa mudaria — algo que na época não soubera articular, que o mundo passaria a me tratar como mulher, em vez de um ser sem sexo ou gênero de potencial infinito. Eu me tornaria submissa a um lar, guardada por homens. Ela enxugara minhas lágrimas e me dissera que ainda havia bastante poder em minhas mãos, mas que eu precisaria aprender a usá-lo, e usá-lo era uma arte. *Sempre existem jeitos*, dissera ela, *de conseguir o que se quer*. Era fácil para ela falar, eu comentei na época. Nem todo mundo era como ela.

No entanto, talvez ela estivesse certa.

Meu corpo não poderia ter um último propósito?

Meu corpo, o mesmo corpo que Polinices tentara proteger negando sua utilidade, o mesmo corpo que tornava minha consciência sem importância para os rebeldes — aquilo os deixaria indignados, vê-lo sendo sacrificado tão descuidadamente, e tudo pelo crime de amar um irmão.

Eu poderia me tornar algo maior do que meu corpo simplesmente ao me permitir utilizá-lo.

Senti como se o tempo desacelerasse depois disso. Enchi a banheira e demorei horas para me despir, o tecido arranhando a pele enquanto me desfazia das camadas. Eu me sentei na água morna por tempo demais, enquanto o sol descia pelas trepadeiras do lado de fora. Trajei meu vestido preto, minhas roupas de funeral. Quando a porta foi destrancada, eu estava pronta.

Acompanhada de dois dos guardas mais detestados por Polinices, caminhei até o escritório de Creonte. Passei por Ismênia no caminho, tomando o chá matinal com Eurídice, e nem sequer olhei para ela. Na verdade, não tinha certeza de que suportaria ver sua expressão, fosse por estampar um pedido de desculpas que eu não aceitaria, ou, pior ainda, pela ausência de um.

O escritório de Creonte ficava no segundo andar, com vista para o pátio. A porta estava fechada. Um dos guardas bateu à porta por mim, e eu encarei a madeira enquanto esperava que se abrisse, a superfície polida como a de um espelho. Eu só estivera ali uma vez, quando ele me convocara para me informar do meu noivado. Era o único lugar em toda a cidade que não ficava empoeirado.

O assistente de Creonte, o verme Flaviano, abriu a porta para mim e me lançou um olhar superior. Na verdade, eu não sabia dizer se Flaviano possuía outro tipo de olhar. Passei por ele e entrei na sala. O chão de azulejos fora varrido recentemente; não tinha a mesma sensação arenosa da pedra do corredor. Duas estantes ladeavam a escrivaninha larga de Creonte, feitas do mesmo tipo de madeira polida da porta. Ele estava sentado com o corpo virado para a janela e não se mexeu. Era como se eu não tivesse entrado.

A pior parte de Creonte era ver meu pai refletido nele. Eu desejava não ver. Eles não compartilhavam genes, mas ele possuía os gestos de Édipo, surpreendentemente delicados para um homem tão suscetível à violência. Às vezes ele até soava como meu pai — a entonação que utilizava em certas palavras, a voz baixa que usava ao despedir-se de Eurídice.

Porém, havia um artifício nele que nunca existiu em meu pai. Ele sabia que eu estava parada lá. O fato de decidir não me reconhecer de imediato era um jogo de poder.

Sentado em uma das poltronas de frente para a escrivaninha estava um guarda uniformizado. Ele se parecia com todos os outros guardas que eu já vira: alto, largo e viril; os olhos encontrando os meus com um foco intenso que me fez ficar inquieta e estranha. Depois de um instante, eu o reconheci como o guarda que me prendera.

Eu me sentei na poltrona ao lado dele e esperei.

— Quero ouvir seu relato primeiro — disse Creonte, e então indicou o guarda ao meu lado com a cabeça.

— Hum... — O guarda olhou de Creonte para mim. — Depois da explosão, a praça esvaziou... eu fui correndo até lá como todo o resto, sabe, para ajudar com o que quer que estivesse acontecendo... eu nem estava trabalhando ontem à noite, só estava, sabe, tentando fazer o que precisava ser feito...

— Vá direto ao ponto, soldado — ordenou Creonte.

— Bom, passei pela praça correndo e notei que não havia guarda nenhum, e depois vi algo se mexendo. Primeiro eu pensei que o cadáver não era bem um *cadáver* como todo mundo pensou, de algum jeito... mas depois vi a garota.

— A garota.

— Ela. — O guarda me indicou com a cabeça.

— Você a viu — disse Creonte —, fazendo o *quê*?

— Bem, ela estava meio debruçada sobre ele... o corpo, no caso, então acho que ela estava debruçada sobre o *cadáver*... e ela estava segurando uma coisa.

— Uma coisa.

— Um Extrator... um daqueles antigos, grande e desajeitado, com a agulha comprida em uma ponta...

— Tem certeza disso?

— Bem... — O guarda se remexeu. — Bom, acho que pode perguntar para ela.

— É minha intenção — informou Creonte. — Mas primeiro, gostaria de saber exatamente o que você viu na calada da noite, do outro lado da rua.

— Bem, eu vi alguma coisa prateada... a lua estava brilhante, e eu corri até a garota, e quando cheguei mais perto vi exatamente o que era. Daí me lembrei das regras sobre o corpo e a agarrei.

— Certo — disse Creonte. — Você está dispensado.

— Eu não estava nem trabalhando — disse o guarda.

— Você já disse isso.

— Tudo bem. Eu só... odeio dar más notícias, mas eu não ia *deixar* de fazer alguma coisa, por causa do...

— Você está *dispensado*, soldado.

O guarda engoliu em seco, esfregou as mãos suadas nas calças e então ficou em pé. Ele me lançou um olhar carregado de desculpas e saiu do escritório. Creonte me encarou, uma sobrancelha levemente arqueada, como se esperasse que eu começasse a falar. Sustentei o olhar dele e aguardei.

— Sobrinha — disse ele. — Não sabia que tinha algum conhecimento de explosivos.

— Não tenho, tio.

— Então foi só por acaso que você estava na praça, violando meu decreto, no exato instante em que alguém ativou explosivos no Distrito Electra.

Inclinei a cabeça e sorri.

Porém, antes que pudesse responder, Hêmon abriu a porta do escritório. Os olhos dele foram direto para o pai, e então ele me lançou um olhar frio, como se jamais tivesse sido meu cúmplice.

— Peço desculpas, não sabia que esta reunião já estava acontecendo — disse ele, tão estável quanto uma balança equilibrada. — Esperava poder falar com o senhor antes disso.

Engoli a sensação ardente na garganta. Hêmon deveria estar preocupado que eu o delatasse para salvar minha pele. Ele estava ali para se defender, para me chamar de mentirosa antes que eu pudesse ter a chance de denunciar quem detonara a explosão. Eu me endireitei na poltrona. Que bom que eu não iria me casar com um homem que não tinha respeito algum por mim.

— Suponho — respondeu Creonte, igualmente calmo — que esteja aqui para me repreender por arruinar seu noivado?

Assim como Creonte crescera com Édipo, Hêmon fora criado sob os olhos vigilantes do pai, educado para ser um sucessor digno. A imitação de Creonte estava em sua postura, na sua maneira, em suas expressões.

— Um filho leal não censura o pai — disse Hêmon.

— É verdade — disse Creonte. — E então?

— Vim perguntar o que pretende fazer.

— Já não sabe? — Creonte olhou outra vez para mim. — Um traidor tentou me matar. Quase conseguiu.

E, portanto, fiz dele um exemplo. Fiz um decreto, e o fiz publicamente. Nele, designei consequências particulares àqueles que se aliam a traidores. Poupá-la dessas consequências faria de mim um mentiroso.

— E é melhor ser um homem honesto do que um homem misericordioso?

A voz de Creonte continha uma faísca quando respondeu:

— Deixe-me explicar uma coisa, porque você é jovem demais para saber disso. — Ele entrelaçou as mãos na escrivaninha e se inclinou na direção do filho. — Esta cidade é meu lar. Eu sou o chefe dela. Este lugar é a casa de pessoas que estão constantemente à beira da fome, que começam a se deteriorar no instante em que nascem. Se minha intenção é protegê-los, não posso me dar ao luxo de poupar a rebeldia. A rebeldia leva à instabilidade, e a instabilidade leva à extinção. Eu construí uma muralha forte ao redor desta casa. Não é feita de pedra, e sim de regras que atenuam os danos, e tem sido o melhor trabalho que fiz na vida. O que acha que aconteceria se eu permitisse uma rachadura em minha muralha? — Ele me encarou. — Deixe-me contar o que iria acontecer, porque já aconteceu antes, muitas e muitas vezes, voltando na história da humanidade: a rachadura aumentaria, e a muralha desmoronaria. E quando isso acontecesse, as pessoas morreriam.

— Entendo.

Hêmon se sentou na poltrona ao meu lado, onde meu amigo, o guarda, sentara-se poucos minutos antes. Ele cruzou as mãos — notei que ele tinha dedos compridos — em cima de um dos joelhos.

— Como disse, sou jovem demais para saber tudo o que o senhor sabe — continuou ele —, mas eu estive na cidade e sei o que nosso povo pensa. Verão isso como uma matança sem sentido. Um desperdício de recursos preciosos, tudo pelo crime de amar um irmão...

— Pelo crime de conspirar com os rebeldes — interrompeu Creonte. — Acha mesmo que aquela explosão foi coincidência? É um assombro que ninguém tenha morrido.

Hêmon prosseguiu como se o pai não tivesse falado:

— O senhor não quer permitir uma rachadura na muralha, mas a rachadura já existe, e temo que isso vá aumentá-la.

Creonte abriu um sorrisinho irônico.

— Entendo — disse ele. — Você finge ser razoável comigo, mas a razão é a coisa mais distante de seus pensamentos. Você desenvolveu uma sede por esta mulher.

— Eu garanto que minha preocupação é com *o senhor*.

— Se sua preocupação fosse comigo, você se sentiria ultrajado pelo atentado que foi feito contra minha vida por um membro do meu próprio lar! — disparou Creonte. — Em vez disso, você é uma criança, com o senso de justiça de uma criança.

— Estou dizendo que não importa se sou uma criança ou não, que não importa se eu a quero ou não, e não importa se ela *conspirou com rebeldes* ou não! — interveio Hêmon. — Se o resto da cidade concordar comigo, o senhor vai desencadear o caos que está tentando evitar.

— Eu não vou me curvar aos chiliques de alguém, muito menos ao seu.

— O senhor é um tolo — disparou Hêmon.

— E você é um frouxo sentimental que foi dominado por uma mulher — respondeu Creonte. — Eu não tolerarei assassinos e traidores. Não serei persuadido a tal coisa.

Pai e filho se encararam com fúria, finalmente recaindo em silêncio. Eu me inclinei para a frente e pigarreei, chamando a atenção dos dois.

— Alto-Comandante — eu disse —, na presença desta testemunha, gostaria de formalmente invocar os direitos do acusado. Quero solicitar uma audiência pública.

— Como assim? — disse Hêmon.

Creonte franziu o cenho para mim.

— É meu direito — insisti — ser julgada na presença de meus iguais.

— Isso é ridículo — respondeu Hêmon. — Não deveria haver audiência nenhuma, não deveria nem haver um julgamento para começo de conversa!

Porém, tanto Creonte como eu o ignoramos, nossos olhares travavam uma luta como duas espadas cruzadas nas lâminas.

— O que acha que vai ganhar com isso? — perguntou ele baixinho. A voz dele era como veneno descendo pela minha garganta. — Acha que se houver algum tipo de protesto público eu mudarei de ideia? Bem, eu aviso a você, menina, que não serei tão facilmente influenciado.

Espremi os lábios, como se dissesse "isso é o que vamos ver", mas na verdade, eu não tinha dúvidas: Creonte era uma besta teimosa, e era com isso que eu estava contando.

11

CREONTE

O estatuto ao qual minha sobrinha traiçoeira se referia fora proposto por seu próprio pai, anos antes, em resposta a uma tendência particular do governo — na época, não sob o meu comando; isso só ocorreu mais tarde — de simplesmente fazer desaparecer vozes discordantes; presentes um dia, ausentes no outro. Eu me recordava do dia em que ele advogara pela medida diante do grupo de homens de paletós abotoados até o pescoço, a voz sem falhar, nunca sentindo-se intimidado mesmo quando deveria. Não era confiança, e sim uma crença destemida em sua invencibilidade. Ele nunca compreendeu a sobrevivência de fato — a própria, ou a dos filhos. Ele talvez não os tivesse amaldiçoado com seu DNA instável se fosse o caso.

Entretanto, não era inimaginável que ela se recordasse daquele estatuto, assim como recordava-se de tantas outras *conquistas* de seus pais, e rotineiramente procurava me lembrar delas. O que era espantoso, portanto, não era o talento de sua memória, mas a disposição de envolver-se em uma audiência pública que poderia apenas ir contra seus interesses. Ela fora presa com um Extrator em mãos, a agulha apontada sobre a barriga do irmão gêmeo. Ela fora levada debatendo-se do tal corpo, de volta para o quarto, onde ficara trancafiada desde a ocorrência do crime. Ela não podia pensar que conseguiria ficar diante de mim em praça pública e negar tais atos.

E, além disso, o que ela poderia ter Extraído? Não havia alma nas células de Polinices. Eu permitira aquele teatro para Etéocles, mas tudo era inteiramente descabido. Não poderia haver ressurreição onde não havia padrão para ser transmitido.

Eu esperava que ela chegasse trêmula ao escritório, que se empoleirasse na beirada da cadeira e suplicasse pela sua vida. Embora tivesse uma natureza geniosa, acima de tudo, eu sabia que ela era uma pessoa pragmática. Quando chegara nessa casa pela primeira vez, eu vira claramente o ódio que sentia por mim, ainda assim me agradecera por minha misericórdia e me cumprimentara com a mesura que qualquer dama de berço nobre teria julgado aceitável.

Então, como avaliar a atitude que tivera no escritório? Talvez possuísse confiança demais no favoritismo do público e na minha resistência de me tornar momentaneamente impopular. Talvez sua maneira de ver as coisas fosse simplesmente limitada demais para considerar qualquer outro fato que não fosse sua situação em particular.

Ela não compreendia as complexidades do comando; e como poderia? A vida dela, até aquele momento, fora a de um fruto maduro pronto para ser colhido, segurando-se em um galho. Só era possível ver uma única perspectiva quando se estava pendurado por tanto tempo.

Agendei a audiência pública para aquela mesma tarde, anunciada na praça entre a casa e a Trirreme, de acordo com os requisitos do estatuto proposto por meu irmão. Duvidava que alguém fosse prestar atenção. Voltei para meu escritório, onde uma xícara de café aguardava, agora morna graças aos desvios da minha rotina. Em vez de chamar um dos criados para aquecê-la, segurei a xícara com as duas mãos para preservar o último resquício de calor e a bebi sentado em frente à escrivaninha.

Eurídice se juntou a mim para o almoço, como fazia com frequência, arrumando pratos e guardanapos na mesa da varanda. Naquele dia, depositou um vaso entre os pratos com uma única flor de papel dentro, dobrada dezenas de vezes para formar pétalas geométricas. Era vermelha, assim como o vestido dela. Havia uma fragilidade em seu ser que era exibida para todos verem, mas eu era o único que via sua força. As mãos cheias de calos, por trabalhar com a terra. Os pés chatos, por ter corrido descalça na infância. As cicatrizes nos nós dos dedos, por suportar os golpes da régua de um professor cruel.

Quando estávamos sentados um de frente para o outro na mesa, ela disse:

— Sobre Antígona.

— Não desejo falar sobre ela outra vez — respondi. — O que ela fez já pesou muito sobre minha mente.

— Lembre-se apenas de que ela é nossa sobrinha e é só uma garota — disse ela baixinho.

— Ela não é uma garota, ela é adulta. — Travei a mandíbula. — E quanto à relação que tem comigo, bem, o irmão era igualmente vinculado a mim, e veja o que *ele* tentou fazer. Veja o que ele *fez*, de fato, disparando uma bala contra sangue do seu sangue!

Minhas mãos tremiam. Segurei a beirada da mesa, e olhei para baixo, para o pátio onde eu vira o corpo de Etéocles. Eu até pensara na hora como aquilo fora um desperdício vergonhoso. Talvez Etéocles não fosse tão vigoroso de mente ou coração quanto meu próprio filho — não era um líder de homens, aquilo estava claro. Porém, ele fora um assistente atencioso e capaz, veloz em me escutar e ávido por agradar. Esse tipo de coisa não era tão fácil de encontrar.

Eu descartara o icor dele logo depois de permitir que sua irmã o Extraísse. Não havia sentido em guardá-lo. Porém, Ismênia era uma garota gentil, incapaz do tipo de veneno que prontamente jorrava da boca de sua irmã, e Eurídice desejara apaziguá-la depois da reação violenta da irmã ao ver os corpos. Ela alegou que seria mais fácil lidar com Ismênia se não fosse instigada à fúria como a irmã. Eu ressentia a necessidade de sequer lidar com elas. Havia muito tempo que eu era feito refém por suas impurezas, e agora, meu lar fora rompido ao meio por um ardil, e meu filho colocava um pé na divisa como se pudesse impedir que a terra se rachasse apenas com a força de vontade.

Eurídice cobriu minha mão com a sua.

— Você vai fazer o que é certo — ela disse para mim.

— Eu sei disso. Eu compareço à audiência, se assim desejar.

— Sim — respondi. — Seria bom ter alguém lá para me apoiar.

— É claro.

Como era habilidosa em fazer, guiou a conversa para outro assunto, para os jardins, para a conversa de suas amigas, as fofocas da criadagem, para qualquer outra coisa exceto o que importava. Contentei-me com isso.

Ouvi a multidão que se reunira na praça antes de avistá-la, o burburinho penetrando as paredes da minha casa. Enquanto caminhava com Nícias me seguindo ao atravessar o pátio, quase senti o calor que emanava. Nunca fora afeiçoado a multidões. Aquela aglomeração de humanidade me fazia apenas lembrar o quanto éramos ignóbeis, fingindo maturidade e civilização quando não éramos diferentes de revoadas de pássaros que se moviam como um só, cada um reagindo aos movimentos daquele que estava à frente. Eu já vira mais de um tumulto começar devido a um impulso errante.

Via a sombra de minha sobrinha no corredor adjacente ao pátio, menor do que a dos soldados que a rodeavam. Ela entraria depois de mim.

Acenei para os guardas no portão que separava o pátio da rua, e eles o abriram. A poeira levantou-se da terra batida, uma névoa erguendo-se entre mim e o público. Com os ombros eretos, caminhei adiante. A rua agora estava livre do corpo do meu sobrinho traidor, levado para uma sala segura sob a casa depois da prisão de minha sobrinha traidora, portanto, a única coisa que havia entre a multidão e eu era uma fileira de soldados com bastões em mãos. Poderia até ser uma muralha; ninguém ousava atravessar a linha invisível que nos separava.

Eu não me demorei.

— Estamos aqui presentes para uma audiência pública, de acordo com nossos estatutos, de uma mulher que foi acusada de traição: minha sobrinha, Antígona. Para que eu não seja acusado de demonstrar favoritismo aos meus parentes, apresento meu julgamento nesta questão diante de todos aqui reunidos. Tragam-na adiante.

Ela surgiu do pátio acortinado por trepadeiras. O cabelo estava comprido e solto, e eu não o via assim havia meses. Fazia com que seu rosto parecesse mais redondo e jovem. Ela trocara de roupa — ainda usava preto, mas agora os ombros estavam à mostra, e havia leves ondas ao lado do esterno onde as costelas começavam a aparecer. Ela era magra, embora não sofrêssemos com escassez de comida havia anos graças ao meu governo. A distribuição de alimentos agora era estritamente controlada, e cada indivíduo recebia uma quantidade determinada de acordo com sua produção no trabalho, um cálculo elegante de calorias gastas e calorias consumidas.

Naquele dia, a magreza exprimia fragilidade. *Eu sou apenas uma criança*, a aparência de Antígona parecia dizer, e eu tive a certeza de que era proposital. Enquanto estava diante do armário, vasculhando as vestimentas pretas, ela escolhera aquela por um motivo.

Eu me virei de costas para a multidão — não para esconder o rosto deles, mas para me posicionar como pertencente ao povo. Chefe do rebanho, líder das massas, enfrentando essa mulher que decidira me enfrentar. Não seria mau lembrá-los de que eu era um deles, e que decretava em nome deles, e não no meu. O crime que ela cometera fora contra a sobrevivência do povo.

— Antígona — eu disse. — Está aqui por vontade própria, pronta para ser questionada?

— Sim — respondeu ela, com a voz tranquila.

— Então permita-me relatar as circunstâncias sob as quais você acabou acusada de traição — declarei. — Duas noites atrás, um grupo de terroristas invadiu o pátio dessa casa… — gesticulei para o prédio em questão — com a intenção explícita de cometer violência contra mim e meu lar. Nesse ataque, seu irmão mais velho, Etéocles, veio em minha defesa. Ele foi assassinado por um dos tais terroristas, mas não antes de desferir um golpe mortal no homem que o matou. O nome do terrorista era Polinices, e era irmão de Etéocles, e também seu, além de ser meu sobrinho.

   O rosto dela continuou impassível. Sempre tive dificuldades em interpretar Antígona; aquilo me atormentava desde que ela chegara em minha casa. Eu sabia que ela me odiava, claro, mas nunca tive certeza do que ela faria com aquele ódio, se iria apenas apodrecer dentro dela durante toda a vida, ou se alguma hora a inspiraria a entrar em ação. Mesmo naquele momento, eu não sabia ao certo.

— Uma tentativa de assassinato ao Alto-Comandante não pode ser tolerada, e é considerada um dos nossos maiores crimes — eu disse. — Portanto, fiz um decreto claro, e para que todos os cidadãos desta cidade pudessem ouvir: não deveriam interferir com o corpo do traidor, sob pena de execução. Você ouviu esse decreto, Antígona?

— Ouvi — respondeu ela.

— Na noite de ontem, você foi descoberta por um de meus soldados logo depois de uma explosão ter causado danos irreparáveis ao Distrito Electra de nossa cidade, incluindo diversos lares, segurando um Extrator acima do abdômen do traidor, um ato de violação ao meu decreto. Você nega tal coisa?

— Não, eu não nego — disse ela, e um arquejo ressoou atrás de mim.

— Sabe quem foi o responsável pela explosão que permitiu que você agisse?

— Eu assumo responsabilidade por isso — disse ela.

Senti minha boca retorcer contra minha vontade. Aquilo era uma esquiva bastante evidente. Ela obviamente conspirara com alguém, e eu estava disposto a apostar que seus cúmplices eram os mesmos rebeldes que invadiram o pátio com seu irmão. Onde um gêmeo possuía conexões, deveras tinha o outro.

— Havia alguma coisa no meu decreto que você não compreendia?

— Havia muitas coisas no seu decreto que eu não compreendia — respondeu ela.

— Elabore. Foi a definição de "interferência" em relação ao corpo?

— Não. Sua intenção estava bastante clara para mim — respondeu ela. — Você desejava excluir o icor de meu irmão do Arquivo, a única punição retroativa que estava a seu alcance.

Fechei o rosto em uma carranca.

— Então o que estava confuso?

— Suponho — disse ela — que tenha sido a hierarquia da lei.

— O que quer dizer?

— A meu conhecimento, jamais excluímos alguém antes do Arquivo — disse ela. — Nem ladrões, nem homicidas, e muito menos os rebeldes que se opuseram depois de uma eleição livre que deu errado, dez anos atrás. Até permitimos aqueles que foram concebidos como meus irmãos e eu a guardar seu icor, embora alguns duvidem de que sequer seja icor. — Os olhos dela ficaram mais tranquilos. — Então suponho que o que me confundiu foi que a abordagem misericordiosa que tivemos com nossos cidadãos erráticos antes desse acontecimento de repente não era mais permitida para o caso do meu irmão.

Respirei fundo. Não poderia perder o controle agora.

— Eu deveria pensar que a explicação para isso é óbvia — retruquei. — Um ladrão, um homicida e até um rebelde não são da mesma natureza de um assassino que age contra o nível mais alto de autoridade. Tal ato é digno de uma punição mais dura. Ele ameaçou os pilares da nossa sociedade, e nossa sociedade é a nossa sobrevivência.

— Meu irmão não era assassino — respondeu ela.

— Porque foi impedido — rebati. — Por, ninguém menos, que seu próprio irmão. Eu não imaginava que você amasse Etéocles tão pouco.

— Eu amava meus dois irmãos.

— E eles mataram um ao outro — respondi. — Está claro que amou mais a um do que ao outro, se existia apenas um cujo icor você arriscaria a vida para preservar. Sequer pensou na imortalidade de Etéocles? Sabe onde o corpo dele está?

Os olhos de Antígona endureceram.

— Presumi que o trataria com respeito, considerando o quanto ele foi leal a você — respondeu ela. — Pensa que agora você o honra, destruindo sua família permanentemente?

— Você acredita que uma vítima de assassinato possa sentir apreço por quem o assassinou?

— Minha questão — disse ela, agora a voz mais dura, assim como a expressão — é que um homem, seja ele Alto--Comandante ou não, não possui o direito ou o poder de declarar que a crueldade seja ética somente porque algo o afetou pessoalmente. Existe uma palavra para o homem que tenta tal coisa. Sabe qual é, Creonte? — Ela elevou a voz para que ecoasse pela praça. — Tirano.

Ao nosso redor, fazia-se apenas silêncio.

— É uma infelicidade vê-la dessa forma, sobrinha — eu disse, o mais suave que conseguia.

— De que forma? — rebateu ela. — De luto?

— Não — respondi. — Distorcida além do meu reconhecimento. Todos nós sabíamos, é claro, que aconteceria alguma hora. A deterioração genética é o destino de todos aqueles que ainda vivem neste planeta. Porém, a maioria das pessoas começa com uma ficha limpa. Você, no entanto... sem alma, uma filha nascida naturalmente de pais arruinados... — Balancei a cabeça. — Fico surpreso que ainda confie em sua própria avaliação do que é correto. Seu irmão gêmeo confiava, e isso o levou a morrer em desgraça.

A máscara que ela usara até aquele instante se desfez. Eu expusera o ódio que sentia, afinal.

— Se eu tive um irmão que estava "distorcido", como você diz — disse ela —, era Etéocles, que serviu a um ditador enlouquecido por poder em detrimento da própria família.

— Bem. Alguns de nós compreendem a necessidade do dever acima do apego pessoal. E é por isso que não posso poupá-la, querida sobrinha, depois de ouvi-la admitir seus crimes, além de, evidentemente, ter consciência deles, de maneira tão descarada em praça pública. Não pode receber tratamento especial simplesmente devido ao laço familiar que nos une. Você deve sofrer as mesmas consequências de todos os outros cidadãos desta cidade. Deve ser executada.

O clamor que se elevou da multidão em resposta à declaração foi ensurdecedor. Não apenas murmúrios, mas gritos; os soldados que guardavam a praça usaram os bastões para pressionar as pessoas para trás, sustentando uma barreira que fora invisível, e que agora se manifestava em realidade.

— Você não pode! — Ismênia gritou, surgindo da sombra do pátio, seguida de perto por Eurídice, que tentava segurá-la.

Ismênia se debateu contra a mão de Eurídice, que segurava seu cotovelo, mas não o bastante para libertar-se. Juntas, as duas cambalearam em direção à praça, posicionando-se entre mim e minha sobrinha traidora, Eurídice atrás de Ismênia.

Lágrimas escorriam pelas bochechas de minha outra sobrinha. Ela era mais alta do que a irmã, mas mais agradável, a voz mais gentil. Muitas vezes, eu desejara tê-la escolhido para se casar com Hêmon em vez da irmã mais velha. Era mais fácil lidar com ela.

— Você não pode — repetiu Ismênia. — Eu amarro meu destino ao dela. Se ela morrer, eu também morrerei, e então duas perdas pesarão na sua consciência em vez de uma só.

— Ismênia! — Antígona gritou o nome da irmã para que se fizesse ouvir acima do tumulto da multidão, fazendo uma carranca. — Isso não tem nada a ver com você.

— Nenhuma perda irá pesar na minha consciência — eu declarei para Ismênia — quando as mortes são mortes de traidoras.

Eurídice falava algo baixinho no ouvido da garota, as mãos repousando sobre os ombros dela, pressionando-a de volta para o pátio. Pensei que aquele transtorno tinha acabado até que minha esposa saiu do lado de Ismênia e deu um passo para mais perto de mim, próxima o bastante para que eu visse a poeira que se acumulava nas rugas embaixo de seus olhos.

— Misericórdia — disse ela para mim, baixinho — é uma qualidade boa para ser reconhecida como força, Creonte. Não sacrifique um tesouro tão valioso quanto o corpo de uma jovem... não quando ela ainda não teve tempo para contribuir em nada.

— No que ela poderia contribuir, com suas origens? — eu rebati e estremeci enquanto os gritos da multidão aumentavam.

O olhar de Eurídice era insistente.

— Com a *vida*.

Senti algo rastejando pela minha coluna — um sentimento de saudosismo, seguido pelas imagens da memória. Um homem que atravessava uma barreira, esfaqueando um soldado. Gritos. Caos. Sangue respingando na rua. O tumulto que quase tirara minha vida; que *tirara* as vidas de meu irmão e sua esposa, e de tantos outros.

Não podia permitir que isso acontecesse outra vez.

Eu me virei em direção à multidão.

— Não se enganem, não se trata de misericórdia. A misericórdia é valorizar as vidas dos nossos cidadãos acima da vida de duas mulheres! — Trinquei os dentes até rangerem, e então prossegui: — Ainda assim, meu coração não se endureceu. Eu os entendo... todos vocês.

A multidão se aquietou um pouco. Eu me virei outra vez para Antígona, em pé, solitária até neste instante, a irmã chorando atrás dela, minha esposa virando o rosto para longe.

— Eu não irei executá-la — decretei. — Mas uma traidora não pode viver livremente entre nosso povo. É uma ameaça grande demais para o bem-estar de nossa sociedade. Em vez disso, eu a mandarei em uma missão especial. Ela irá subir a bordo da Trirreme e levará nossa súplica desesperada para o espaço.

E "morrerá lá" estava implícito na frase, mas não disse em voz alta.

Nossos olhos se encontraram. Os de Antígona estavam arregalados e assustados como os de um coelho. Ela levou os olhos na direção da nave que cintilava sob a luz do sol não muito distante dali, com o nariz apontado na direção do céu.

— Nós agradecemos, sobrinha, por nos dar esse grande presente — eu disse. — Seus últimos anos serão passados compensando sua traição. Você será nossa mensageira.

O silêncio da multidão cessara. Os gritos voltaram a preencher o ar, e Nícias impeliu-se em frente para me escoltar de volta ao pátio, para ser trancado em segurança atrás dos portões de minha casa.

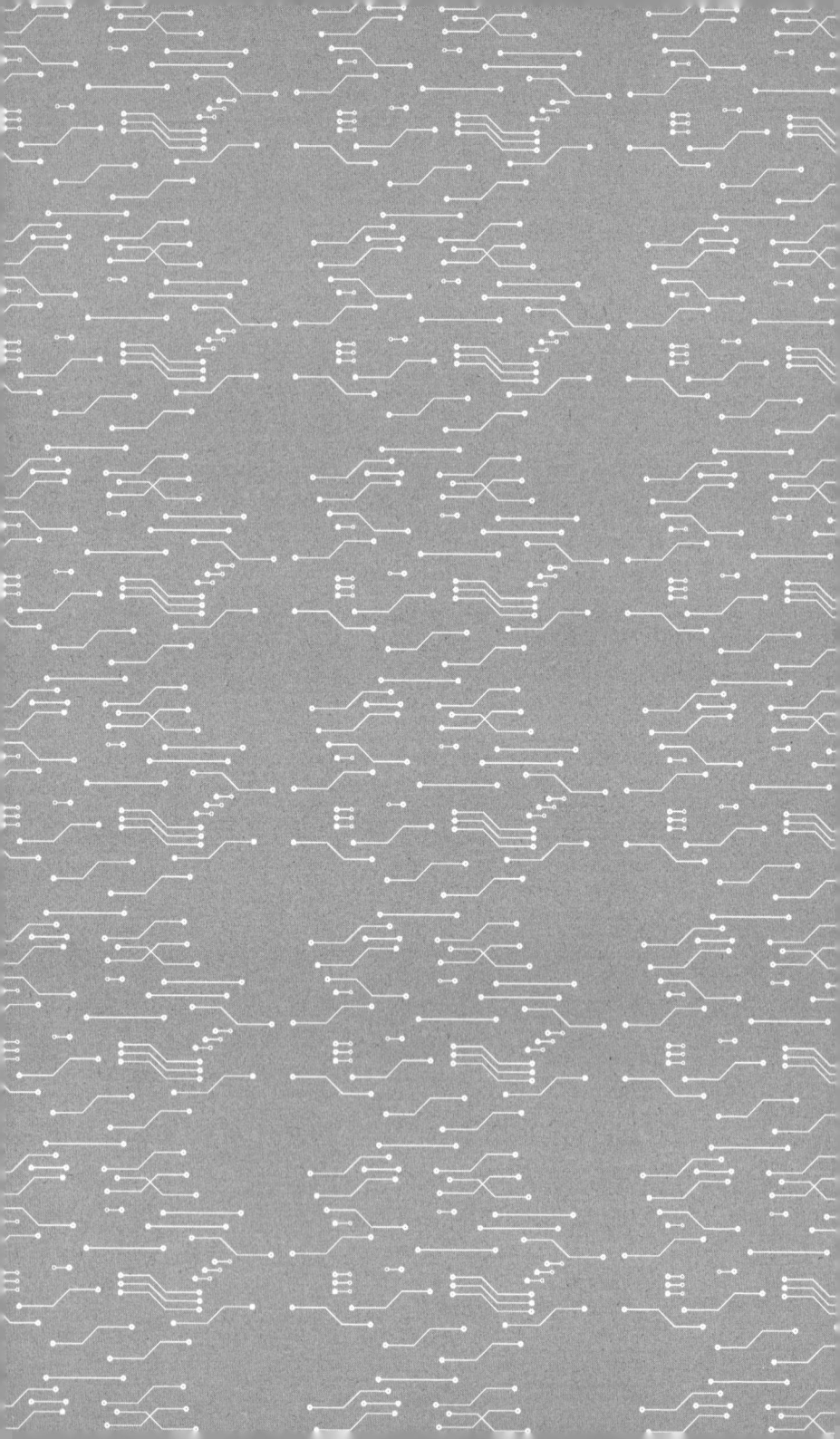

12

ANTÍGONA

Eu vira a verdadeira cor do céu poucas vezes na vida. A cidade ficava encoberta, sempre, por poeira e poluição. Em dias claros, o céu era branco acinzentado. Em dias que o vento norte soprava, era amarelo.

Porém, logo depois de uma tempestade particularmente ruim, quando o vento estava favorável, às vezes as nuvens se dispersavam, e ali estava: azul.

Em um mundo que não tinha espaço para frivolidade, parecia uma indulgência. O céu zombando de nós, talvez. Só que, em dias assim, todos andavam com a cabeça inclinada para trás, até o vento soprar as nuvens de volta ao lugar.

A Trirreme nunca brilhara tanto quanto nessas ocasiões. Correram boatos, alguns anos antes, de que ela não funcionava de fato — se funcionasse, por que não a teriam lançado ainda? —, mas que Creonte a mantinha ali para inspirar esperança no futuro. Eu acreditara em parte, até aquele momento, quando a Trirreme se tornaria meu túmulo. Creonte não teria me dado essa sentença se não soubesse que conseguiria cumpri-la.

Fiquei deitada na cama, os dedos espalmados. Sentia-me entorpecida, e a dormência causava um peso em meus braços e pernas. O teto, rachado e com manchas, não inspirava nenhum interesse, e tampouco o jantar que me entregaram uma hora antes. Aguardava na escrivaninha, a comida já fria. Eles tentariam me envenenar? Creio que não. Creonte queria a exibição grandiosa e fantástica de me lançar ao céu tanto quanto eu. Nós só tínhamos motivos diferentes. Ele apostava que seria uma demonstração espetacular de sua autoridade. Eu apostava que incitaria as pessoas à rebelião.

Independentemente de quem estivesse certo, eu ainda morreria.

Sentei-me na cama ao ouvir a batida na porta. Tinha certeza de que não permitiriam que Ismênia me visitasse. E qualquer um que Creonte enviasse não se daria ao trabalho de bater.

A porta se abriu, e Hêmon entrou no meu quarto pela segunda vez em dois dias.

Havia uma preocupação em seus olhos, e a derrota moldava seus ombros. Eu me levantei, parada diante do pé da cama, e minha intenção era declarar algo amargo e engraçado, da maneira como sempre fazia, mas pela primeira vez, minhas palavras não saíram.

Ele estava no limiar de tantas das minhas lembranças, depois da morte dos meus pais, mas nunca protagonizando. Suspeitava que ele nunca quisera invadir o tempo que eu passava com meus irmãos, com a certeza de que não seria bem-vindo, graças ao seu pai. Ele estava certo quanto a isso. Nós não o teríamos recebido de bom grado.

No entanto, um ano antes, Creonte me convocara ao seu escritório, e Hêmon já estava lá, sentado com as costas tão eretas que parecia ser uma postura dolorosa. Creonte nos apresentara um ao outro como futuros marido e esposa. Eu estava esperando que ele me casasse com alguém — eu não era tola o bastante para acreditar que a escolha seria minha; desalmada ou não, eu ainda era nobre —, portanto, recebi a notícia em silêncio. Só que Hêmon soltara uma risada ríspida. Desde então, eu o evitara.

Ele me encarou, quase como se estivesse me avaliando em busca de ferimentos. Só que... os olhos dele se demoraram, em um canto do quadril, um instante na clavícula.

— Vim infringir uma lei — disse ele.

— Não estou interessada em uma fuga ousada — respondi.

— Sim, eu percebi isso — disse ele. — Acha que eu não percebi que está caminhando por uma estrada que você mesma escolheu?

Na verdade, pensava exatamente isso, mas estava ficando claro que eu não compreendia Hêmon de verdade, não o conhecia de fato. Eu me sentei na beirada da cama, e ele veio ficar parado à minha frente. Ele tirou um Extrator prateado do bolso da calça.

Era menor do que o que eu usara para tentar salvar Polinices. Uma versão mais atualizada da tecnologia. Era estreito o bastante para parecer pequeno na mão de Hêmon. Ele pressionou um botão na lateral, e uma agulha se estendeu.

— Você não pode Extrair icor de alguém vivo — falei.

— Posso, sim — rebateu ele. — Você conhece a história da Extração? No princípio, quando a prática começou, era só ligada aos costumes fúnebres porque demorava muito tempo para editar os genes afetados pelo vírus. Só que essa ideia de que a alma em nossas células só pode ser Extraída corretamente depois da morte... isso só veio depois.

— Acha que se levar minhas células agora, minha alma irá junto? — perguntei, e quis rir, mas não havia mais riso dentro de mim.

Hêmon balançou a cabeça. Ele segurou o Extrator com as duas mãos.

— Suponha... — disse ele. — Suponha que eu acredite que a alma é eterna, uma coisa que se regenera para sempre. Que sua alma pode estar simultaneamente inteira em você e inteira no seu icor. Suponha que eu ache que é possível que ela preencha toda parte de você, poderosa e potente. Suponha que mesmo que eu não tenha certeza disso, estou disposto a arriscar para te preservar.

Ele estendeu o Extrator para mim, e eu senti uma dor momentânea — se ele tivesse convencido Pol disso, eu poderia ter preservado o icor de meu irmão quando ainda estava vivo —, mas afastei aquela ideia. Era tarde demais para isso.

Balancei a cabeça, empurrando o Extrator para longe.

— Fale com os místicos — disse. — Pergunte a eles se eu sequer tenho alma.

— Não seja estúpida. Eu não preciso perguntar. Eu já sei.

Balancei a cabeça outra vez.

— Eu não me importo com a lei — disse ele, caindo de joelhos na minha frente. Naquela posição, ele era quase tão alto quanto eu, sentada na minha cama baixa. Estávamos frente a frente, e o Extrator entre nós dois. — O que meu pai está fazendo é errado, e só outro erro pode consertar um pouco as coisas.

— Não, não é... não é isso — eu disse. — É um gesto gentil, Hêmon, mas eu não quero ser guardada no Arquivo.

Os olhos dele eram firmes e determinados.

— Eu não acredito em imortalidade — continuei. — Acho que poderia usar um óvulo para meu corpo... poderia trazer de volta à vida minha forma, refinada e editada, mas nunca poderia *me* trazer de volta. E uma versão editada de mim não sou eu, de qualquer forma.

— Mas Pol...

— Pol acreditava nisso — eu disse. — A última coisa que ele me pediu foi para usar aquele Extrator. Então eu dei o meu melhor. — Dou de ombros. — E veja o que aconteceu.

O céu estava ficando escuro. Li em algum lugar certa vez que no escuro, nossos olhos dependiam mais dos bastonetes do que dos cones, o que significava que a visão noturna e a visão diurna eram incompatíveis. Então sempre pensei no pôr do sol como a cor que se esvaía do mundo, como tinta sendo removida de uma roupa depois de ser lavada. O pequeno pátio além da janela do meu quarto estava ficando cinza.

E então, não consegui nem ver isso depois que as lágrimas começaram.

— Desculpe — eu disse, com a voz estrangulada.

Hêmon deixou o Extrator de lado e segurou minhas mãos.

— Não se desculpe — disse ele. — Posso ir embora, se quiser. Mas achei que talvez preferisse até a minha companhia do que ficar sozinha.

— Até a sua. — Comecei a rir. — Se soubesse no que eu estava pensando, você entenderia por que isso é tão engraçado.

— Você sempre pode me contar. Talvez eu ria também.

Fechei os olhos com força.

— Estava pensando em todas as coisas que não vou fazer — comecei. — Não vou me casar. Não vou mais andar pelo Arquivo. Não vou ter rugas. — Ri outra vez, e meu riso fraquejou. — Eu não queria me casar, mas achava que *iria* me casar. Pensei que Ismênia colocaria flores no meu cabelo, e eu usaria o vestido da minha mãe, e teria uma noite de núpcias, e depois acordaria e decidiria se eu estava me sentindo diferente. Também não queria ter filhos, mas achei que eu os teria... pensei que andaria pelo Arquivo e encontraria alguém que se parecesse com minha mãe, e faria o melhor com uma coisa que eu não queria. Pensei que encontraria instantes que amasse entre momentos que odiasse. Eu pensei que teria mais *tempo*.

As mãos dele apertaram as minhas. Elas eram quentes, e foquei nessa sensação, no calor dos dedos, na ardência atrás dos meus olhos, no sangue e no músculo que o compunham, que me compunham, e a vida que corria por nós dois. Tecnicamente, ainda haveria vida em mim por anos. A Trirreme continha tantas rações quanto uma nave poderia comportar, para que pudesse enviar seu sinal o mais distante da Terra possível. E essa era a pior parte de tudo, que eu precisaria decidir entre tirar minha própria vida — levada à loucura pelo isolamento — ou assistir enquanto meu suprimento alimentício diminuía. Que eu estaria viva e morta simultaneamente por tanto tempo, amaldiçoada a pairar entre os dois extremos, sem ser vista.

— Parecia tão fácil desistir de tudo isso hoje de manhã — falei. — Pol ficava preocupado por achar que eu queria morrer. Ismênia também. Mas eu não queria, e não quero. Eu só queria que tudo acabasse, e não é a mesma coisa.

— Eu sei — respondeu ele baixinho. — Eu sei que não é.

Eu imaginara o casamento como uma jaula. Até minha mãe, por mais apaixonada que fosse pelo meu pai, não conseguira escapar disso. As pessoas perguntavam ao meu pai como ele permitia que minha mãe possuísse tanta autonomia, como se ele fosse um carcereiro. A forma como os homens não a escutavam a não ser que ele repetisse o que ela acabara de dizer. E o amor nunca foi algo meu para reivindicar, então imaginara algo pior do que isso — um acordo de proibição e exigência. Porém, eu nunca imaginara Hêmon, especificamente. Hêmon, ponderado, com os olhos atentos. Grande e forte o bastante para ser capaz de violência, mas nunca o vira inclinado a ela.

— Você me ajudou — eu disse. — Nós poderíamos ter nos casado antes, se eu não tivesse adiado. Poderíamos ter tido coisas boas juntos, acho. E agora eu nunca vou ter nenhuma delas.

— Eu sei — repetiu ele.

Minha mãe sempre gritara comigo por dizer isso, "eu sei", mesmo quando eu não sabia, só porque estava irritada por ela me atormentar. Ele não dizia dessa forma. Ele dizia mais como um reconhecimento, do que foi ouvido e compreendido. Eu me perguntei se ele pensara em nosso casamento, em como seria, como seriam nossos filhos e o que poderíamos escolher. Uma vida depois da morte de Creonte. Eu poderia ter perguntado, mas pensei que seria pior ouvir a resposta.

— Ainda existem coisas boas que você pode ter — disse ele. — Só precisa pedir.

Abri os olhos. Ele ainda estava de joelhos — como um suplicante, as palavras um tipo de oferta.

Pensei em suas mãos percorrendo meu corpo, e eu quis isso.

Inclinei a cabeça na direção dele e nossos lábios se tocaram, só por um instante, como palmas das mãos. Era como um teste — se estava tudo bem, se esse era o tipo de loucura que fazia algum sentido. Decidi que sim e o beijei de novo, devagar dessa vez, e embora a boca dele fosse fina e eu mal o conhecesse, a sensação era como eu imaginava que deveria ser, quente e intensa como um fio desencapado.

Eu o puxei para perto e nós caímos na cama, e eu o despi e dediquei um tempo para olhá-lo. E dediquei e me dediquei mais, e ele também. E não houve dor nenhuma, apenas estranheza, e por pelo menos mais algumas horas, eu ainda estava viva.

Era estranho dormir na véspera de um banimento. Nos momentos antes de adormecer, pensei que eu deveria ter absorvido tudo o que podia, tudo o que eu amava neste planeta. Não era um lugar amável em tantos aspectos, mas sua gravidade me apoiava, seu céu me abraçava, seus aromas me instruíam, e nenhuma dessas coisas me acompanharia na Trirreme. Porém, meu corpo ainda era um corpo e precisava dormir.

Adormeci com a cabeça apoiada no ombro de Hêmon, meu braço envolvendo sua cintura. Ele era tão quente que o lençol que me cobria se tornava desnecessário. Ele não roncava, não exatamente, mas sua respiração era alta e lenta durante o sono. Quando acordei algumas horas depois, seus dedos ainda seguravam minhas costelas, mas a respiração alta e lenta ficara mais silenciosa. Ele estava acordado.

Ergui a cabeça e olhei para ele.

Apesar de nós dois estarmos nus — apesar do que acabáramos de fazer juntos —, ainda era estranho estar assim tão perto dele. Eu passara o último ano o evitando, e todos os anos antes disso sem sequer vê-lo.

— Não posso deixar que isso aconteça com você — ele me disse.

— A escolha foi minha — falei. — No instante em que pedi por uma audiência pública, eu sabia o que iria acontecer.

— Você não deveria precisar escolher — rebateu ele. — Eu *não vou* permitir que isso aconteça com você. Preciso fazer alguma coisa.

Ele se sentou, abraçando os joelhos de leve, escondidos sob o lençol. Fiquei em pé e andei até a janela. Senti calafrios ao me deparar com o frio, agora que não estava mais deitada junto dele. A lua estava escondida por nuvens.

— Seu apego por mim vai desaparecer — eu disse.

— Meu *apego* por você já dura muitos anos — respondeu ele, em tom ríspido.

Eu o encarei. Eu realmente não soubera interpretar Hêmon, não é? Ele estava no limiar de tantas das minhas lembranças — mas talvez ele tivesse se colocado lá para que ainda pudesse estar presente. Ele viera até mim depois da morte de Polinices, para ver se eu estava bem. Ele esperara por mim no pátio. Ele providenciara uma explosão — ou fizera alguém providenciar — como distração. Ele tentara impedir o pai.

Os olhos dele percorreram meu corpo nu, e uma vozinha na minha cabeça me disse que ele se importar comigo era uma vantagem que eu não poderia ignorar. Meu estômago se embrulhou com aquele pensamento.

— Esqueça, Hêmon — falei.

— Isso é uma coisa absurda de dizer — respondeu ele. — Não vou ficar parado vendo você morrer.

E ele não iria, é claro. Como o caminho que me levava à Trirreme, o trajeto de Hêmon já estava traçado. Nenhum de nós poderia alterá-lo agora.

— Tudo bem — eu disse. — Então existe uma pessoa que você deveria conhecer, e posso te contar como encontrá-la.

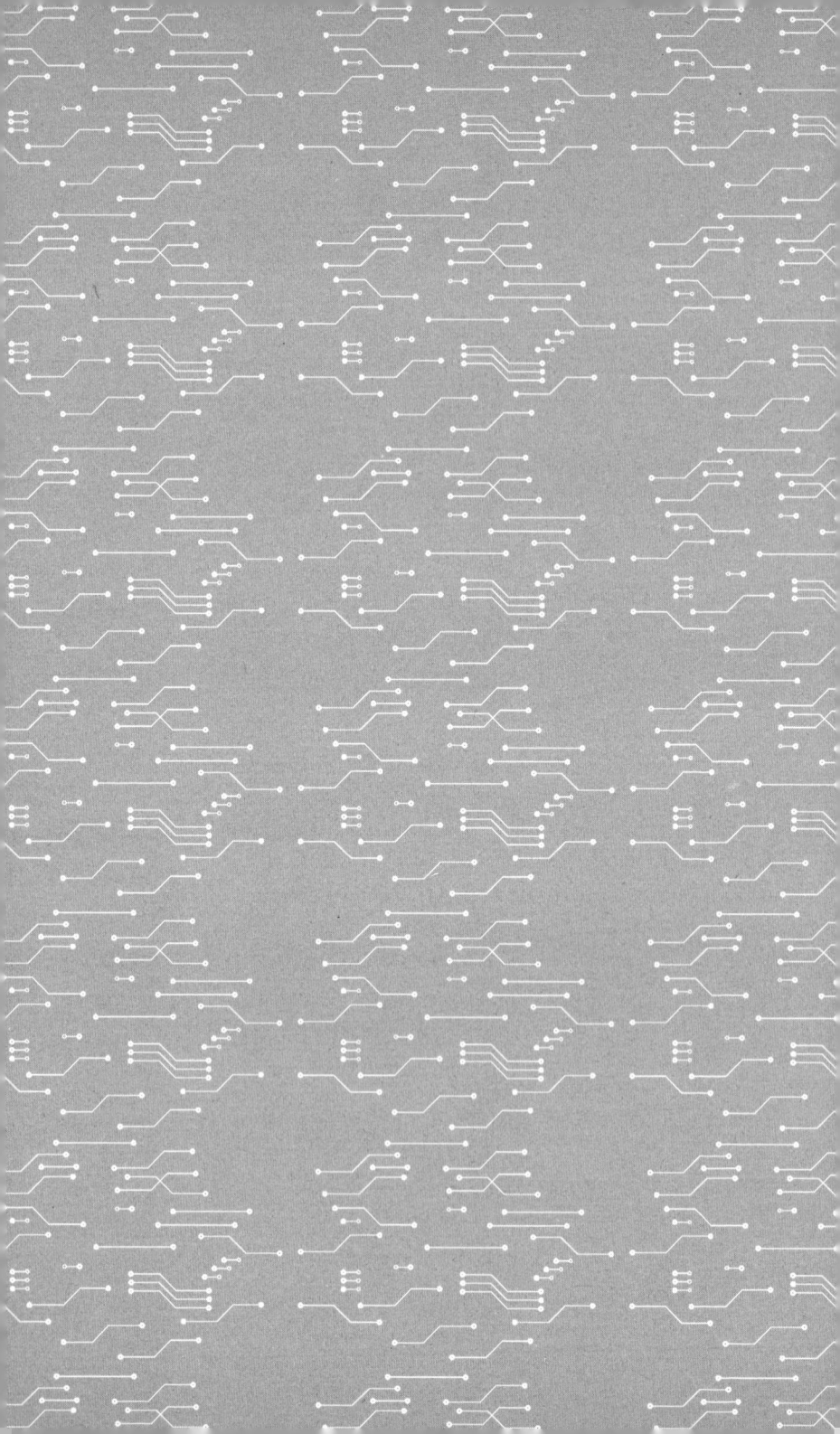

13

HÊMON

O símbolo do Distrito Norte, onde eu me encontrava àquela hora da madrugada, é a esfinge. Tem a cabeça de uma mulher, corpo de um leão e asas de pássaro. *O melhor de todos os mundos*, minha mãe gostava de dizer. *Todo mundo deveria ter essa sorte*. As esfinges eram conhecidas por serem impiedosas, além de traiçoeiras, contavam adivinhas e devoravam homens, e eu descobrira que os símbolos dos distritos refletiam suas personalidades — ou talvez as personalidades houvessem se desenvolvido com os símbolos em mente.

De qualquer forma, eu sabia que deveria ser cauteloso no Distrito Norte. Afinal, eu era o filho do Alto-Comandante. Então, fui com uma adaga no quadril e de olhos bem abertos. Segui o caminho que ela me disse para seguir, que evitava as piores partes. A passagem me levou por vielas estreitas com roupas penduradas em varais acima, curvas fechadas com espelhos côncavos anexados aos cantos dos prédios para que pudessem ver quem vinha do outro lado, sob fios suspensos baixos demais, para que vizinhos pudessem compartilhar eletricidade ilegalmente. Tudo cheirava a lixo ou ensopado, e o pior de tudo era quando os dois aromas atravessavam as narinas ao mesmo tempo.

Parei diante da casa de Partenopeu, uma porta verde com um vaso pequeno de pedras rosas ao lado. Bitucas de cigarro de estigmas de milho escondiam-se entre as pedras. Bati à porta antes que pensasse demais no assunto, e fiquei pensando depois. Bater àquela porta era praticamente traição. Era assim que meu pai veria. Eu ainda poderia virar as costas, provavelmente, sem que ninguém soubesse, mas tinha a sensação de que ele saberia. Ele sabia mais do que as pessoas achavam que sabia. Sempre mandava seguir pessoas, ou as fazia "desaparecer", e por isso havia acônito em abundância na estufa — ótimo para envenenamentos sem que ninguém soubesse a causa. Não era difícil envenenar alguém em uma cidade onde as pessoas morriam o tempo todo.

Enfim, a porta se abriu. Uma senhorinha apareceu no batente, o rosto desmoronando como um bolo murcho, um lenço cobrindo os cabelos. Ela me encarou sem dizer uma palavra.

— Vim me encontrar com Part — eu disse. — Antígona me mandou vir até aqui.

— Aquela garota é só encrenca — respondeu ela.

Eu sorri de leve.

— Eu gosto dela assim.

— Então você também é encrenca. Entre.

Ela se afastou da porta, e eu abaixei a cabeça para entrar na casa. Tudo que eu sabia sobre Part era que ele era grandalhão e não tão burro quanto fingia ser — foi a descrição que Antígona me forneceu. Eu não estava preparado para todas as pessoas que havia na casa — homens, todos eles, com exceção da idosa, todos apoiados em sofás e cadeiras, ou agachados ao redor de uma mesa de centro, absortos em uma partida de um jogo de tabuleiro que eu não reconhecia. Um deles ficou de pé, e ele era grandão, mais alto e mais largo do que eu, com a cabeça raspada.

— Quem é você? — perguntou ele.

Tinha quase certeza de que aquele era Part.

— Antígona me mandou vir até aqui.

— Não foi isso o que perguntei.

— Eu sou Hêmon — respondi.

— O garoto de Creonte?

— Sim e não.

— Que merda de resposta é essa?

— Existem muitos tipos de filhos. — Dei de ombros.

— Você é o garoto de quem?

Ele estreitou os olhos, me encarando, e então fez um gesto para que eu o seguisse até o cômodo ao lado. Foi difícil encontrar um caminho naquele espaço — não era uma sala de estar grande, e havia seis pessoas ali, todas me encarando como se quisessem atravessar minha pele com cigarros. Entrei na cozinha e fiquei aliviado ao poder fechar a porta atrás de mim. Part fora direto à pia para lavar um prato. Ele apontou com os dedos molhados para uma das cadeiras.

— Sente-se aí — disse ele. — Tig mandou você até aqui?

— Não sabia que mais alguém além dos irmãos a chamava assim.

— Acho que ninguém chama — disse ele. — Está com sede?

— Não, obrigado.

Part enxugou as mãos em um pano de prato e se virou para me encarar. Ele não se sentou, apenas recostou-se no balcão e cruzou os braços imensos.

— E aí? Por que você veio até aqui?

— Você sabe o que aconteceu com ela ontem?

— Ouvi dizer que ela foi pega tentando chupar os genes de Pol — respondeu ele.

— E foi condenada à execução pela Trirreme.

— Pelo que soube, a palavra "execução" não foi mencionada.

Senti um aperto no peito.

— Ela vai passar anos sozinha no espaço — eu disse. — E depois vai morrer de fome dentro da nave.

Aquilo, ao menos, pareceu despertá-lo para a gravidade da conversa. Ele encarou os próprios pés.

— É, eu sei — disse ele. — Olha, ela nunca foi muito amigável comigo, mas eu não desejaria isso para ela. Ou a quase ninguém.

— Bom. Eu não tenho intenção de deixar isso acontecer.

A torneira estava pingando, lentamente, fazendo um *plic-plic-plic* no fundo da pia. Part me avaliou.

— Como está pensando em impedir isso? — perguntou ele. — Quando seu papai quer que algo aconteça, acontece. Não sei se você já percebeu isso.

— Eu não sei como impedir — respondi. — É por isso que estou aqui, falando com um líder dos rebeldes.

Part deu uma risada.

— O que deu a ideia de que eu sou *isso*?

— Ela deu — respondi.

— Ela é só uma doida.

— Ela disse que você é um cara inteligente que tenta parecer burro — retruquei.

Ele riu outra vez, com mais intensidade dessa vez, como se estivesse rindo de verdade.

— Caras inteligentes não cometem alta traição, especialmente não na frente do filho de Creonte.

— Bom, eu cometi uma traição duas noites atrás, quando detonei um explosivo que deu à Antígona a oportunidade de usar um Extrator — eu disse. — Então agora você tem uma arma para usar contra mim. Talvez não vá se importar tanto de me dar uma para usar contra você.

— Como é que alguém como você saberia detonar um explosivo?

— Eu tive uma fase rebelde na adolescência — respondi. — Costumava ir até o Campo Leste, sabe aquele terreno baldio em Neista? Eu explodia umas coisas por lá.

Tudo que precisa é de um pouco de fertilizante, e a casa do Alto-Comandante tem em abundância.

— É um desperdício vergonhoso de adubo.

— Como disse, eu era adolescente. Não estava pensando muito na preservação de recursos naquela idade.

Um grito da outra sala perfurou nosso silêncio. Eu me endireitei, com a certeza de que os homens de meu pai tinham vindo ao apartamento — mas risadas se seguiram, apenas o jogo de tabuleiro cumprindo sua função. Part esperou que as risadas cessasse antes de falar:

— Vamos supor que você consiga detonar outra explosão. Como cronometraria isso?

— Eu daria um jeito — respondi. — A pergunta mais importante é: cronometraria para que propósito?

— Você sabe como um arco é construído, Hêmon? — perguntou Part. Ele puxou a cadeira do outro lado da mesa, na minha frente. Ela rangeu sob o peso. Ele repousou as bases das mãos em cima da mesa. — Você o ergue pelos lados, para que fiquem curvados, assim. — Ele curvou as mãos para que as bases continuassem plantadas à mesa e os dedos arqueassem. — E então você coloca uma pedra bem aqui no meio. — Ele juntou a ponta dos dedos. — Chamamos essa pedra de angular. Ela mantém o arco estável, para que os dois lados se equilibrem entre si. Só que se você derrubar a pedra angular… — Ele espalmou as mãos na mesa. — *Bam*. O arco desmorona. Então ou você passa o tempo todo lascando os tijolos menores, ou… — Ele me encarou, com a sobrancelha erguida. — Ou mira direito na pedra que importa de verdade. Entende o que quero dizer?

Eu entendia, é claro.

Meu pai era o Alto-Comandante da cidade. A pedra angular. Ele não era o único governante, mas todos os outros buscavam sua orientação, queriam sua validação. Sem Creonte, tudo desmoronaria.

— Você quer que eu mate meu pai — eu disse.

— Olha, eu não disse nada do tipo — falou Part. — Mas se a nossa pedra angular se soltasse, existem muitas pessoas prontas para se aproveitarem do caos que se seguiria.

— Oportunistas? — questionei. — E como algum deles seria melhor do que o Alto-Comandante?

— Alguns melhores, outros piores — disse ele. — Mas todos comprometidos com a causa da eleição livre.

— E se a eleição for ganha por alguém pior?

Part se inclinou para a frente.

— Então ao menos nós seríamos responsáveis pela nossa própria ruína — disse ele —, em vez de outra pessoa decidir por nós. E de verdade, isso não é o máximo que todos nós podemos esperar?

Queria ter pedido água. Minha boca estava seca, e eu precisava de algo para fazer com as mãos.

A primeira vez em que vi a crueldade de meu pai às claras foi durante as rebeliões, enquanto ele observava meu tio, Édipo — o primeiro e último ganhador de uma eleição livre que a cidade já tivera — ser golpeado por soldados.

Ele não fez nada para impedi-los; só ficou observando o outro homem sucumbir. Eu era apenas um garoto na época, ainda em parte convencido de que meu pai, um homem de quem eu tinha medo, tivesse algo bom dentro dele.

Ele nunca me bateu, ou bateu na minha mãe, e só elevou a voz para nós dois um punhado de vezes. Porém, havia sempre algo perigoso nele, fervendo sob a superfície. Isso tornou meus passos cuidadosos, e minhas palavras cautelosas. Fez com que eu me esgueirasse até a cozinha para jogar pôquer em vez de só ir até lá. Ele não precisava gritar comigo ou me bater para que eu soubesse qual comportamento não era aceitável para ele. Sua sombra era comprida, e preenchia todos os cantos de nossa casa.

Ainda assim, o garoto que queria encontrar algo além do medo ainda vivia.

Será que eu seria capaz de matar Creonte?

— E como isso a salvaria? — perguntei.

— Agora ela é o símbolo do movimento de resistência — disse Part. — Por algum motivo, se falar com as pessoas sobre escassez de comida, falta de eletricidade, água contaminada e o governo fazendo pessoas desaparecerem... é o mesmo que falar com a parede. Mas falar que o Alto-Comandante quer mandar uma jovem bonita para o espaço e deixá-la apodrecer lá? De repente, todo mundo presta atenção.

Part se recostou e suspirou.

— O que eu estou falando é o seguinte — disse ele —, por toda essa cidade maldita, as pessoas estão se coçando para tentar impedir aquela nave de deslanchar. Você só precisa dar a elas uma abertura.

Pensei no acônito florescendo em nossa estufa, e na curva do quadril de Antígona sob o luar, e na forma como meu pai desdenhara quando argumentei por misericórdia. De alguma forma, não senti que estava fazendo uma escolha. Sentia como se ele já tivesse feito todas as minhas escolhas, e eu fosse apenas a resposta para sua resolução, o efeito de sua causa.

— Então é isso que vou fazer — eu disse.

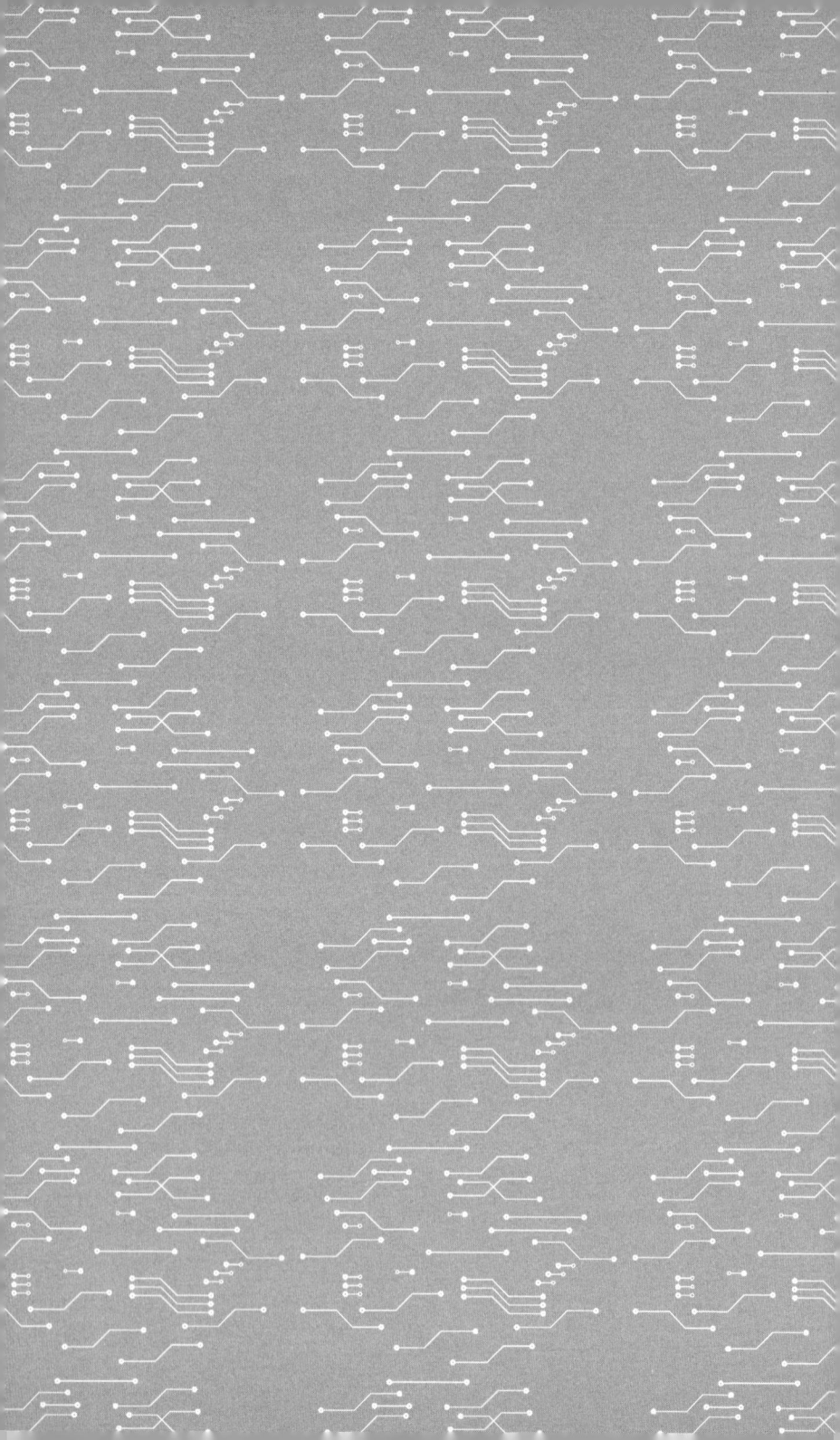

14

ANTÍGONA

O que uma pessoa deveria vestir quando for para o túmulo?

Abri as portas do meu guarda-roupa e encarei todas as minhas roupas. Cerca de uma hora antes, um auxiliar do gabinete da Trirreme — um lugar poeirento e negligenciado com meia dúzia de funcionários, todos engenheiros — viera até minha porta, escoltado por soldados, para me dizer o que esperar da jornada. Ele disse que eu poderia fazer uma mala, que poderia pesar o quanto quisesse, embora eu soubesse que ninguém se ofereceria para carregá-la por mim. Quando ele partiu, entorpecida, enchi uma pequena mochila com roupas de baixo e meias, calças confortáveis e camisetas limpas, um velho moletom de meu pai e o colar antigo de minha mãe. Eu me banhara, desejando desfrutar de água morna uma última vez. Porém, esse era o problema das últimas vezes: havia uma pressão sobre si mesmo para ter a experiência mais pura, mas a pressão tornava qualquer experiência impossível. Eu mal senti a água.

Fiquei nua diante do guarda-roupa, minha pele ainda secando. Eu me questionava se me sentia diferente, depois de ter sido vista, de ter sido compreendida? Depois de ter sentido o que o meu corpo era capaz de fazer? Mais de duas décadas na Terra e meu corpo ainda me surpreendia. Talvez por isso tantas pessoas se sentissem ávidas por ter filhos. Queriam testar os limites do que seu corpo era capaz de fazer, adentrar um estado misterioso que não se tornava menos misterioso por ter sido vivenciado por tantas outras pessoas. Eu não sentiria aquelas coisas — a vida se remexendo dentro de mim, minha barriga inchando e endurecendo como a casca de um ovo. Eu nunca sentiria. Porém, nem todas as coisas eram garantidas para todos. O mundo era assim.

Tirei uma caixa do fundo do guarda-roupa e a abri. Dentro estava o vestido de noiva da minha mãe. Era um vestido simples, considerando tudo, com alguns enfeites no corpete que ela própria bordara — eu sabia porque os fios estavam tortos, quando se olhava mais de perto. Era branco, e a alvura só se esvaíra um pouco pelo tempo. O tecido era tão fino que parecia água em minhas mãos. Eu o sacudi, com cuidado, então abri o zíper e o vesti. Minha mãe era mais estreita do que eu, e também mais alta. As alças ficavam um pouco mais largas do que meus ombros, e a cauda arrastava-se no chão por uns três centímetros ou mais, mas me servia.

Eu me sentia selvagem, louca, enquanto torcia o cabelo para cima, afastando-o do pescoço. Enquanto pintava uma mancha vermelha nos lábios, tão parecida com sangue, e a esfregava nas bochechas para que parecessem coradas. Parei diante do espelho, virando-me de costas para o quarto quando uma criada trouxe a bandeja do meu almoço.

— Tig.

Eu não olhara duas vezes para a criada. Ela usava o uniforme de sempre, o cabelo repuxado com tanta força para trás que parecia doloroso. Porém, quando olhei para ela através do espelho, parada com a bandeja em mãos, percebi que era Ismênia. Eu me virei, o rubor corando minhas bochechas, enquanto ela me via com o vestido de noiva de nossa mãe.

— Como conseguiu entrar aqui? — perguntei.

Ela depositou a bandeja na escrivaninha e correu até mim, com as mãos estendidas. Eu as segurei sem hesitar. As palmas das mãos dela estavam frias e trêmulas. O corpo inteiro parecia tremer, a respiração arquejando ao sair.

— Subornei a criada com café — disse ela. — Os guardas não me reconheceram.

Ninguém nunca reconhecia Ismênia. Havia algo no rosto dela: bonito, mas esquecível.

— Idiotas — declarei.

Os olhos dela desceram pelo meu corpo, embrulhado no tecido branco, e meus pés, descalços e empoeirados no chão.

— Você está usando o vestido da mamãe.

Eu estremeci, afastando-me.

— Eu sei. Foi uma idiotice. Deveria deixar aqui para você...

— Não. — Ela balançou a cabeça. — Não, você precisa usar. Imagine só a cara de Creonte quando te vir assim.

Ela me girou para que nós duas encarássemos meu reflexo no espelho, o queixo dela um pouco acima do meu ombro.

— Além do mais — disse ela —, não tenho intenção de me casar.

— Eu também não tinha — respondi, deixando minha voz mais gentil. Era diferente para Ismênia do que era para mim, eu sabia disso. — Nem sempre temos uma escolha nesse assunto.

— Não, não, você não entendeu. — Ela franziu o cenho. — Em vez de me casar, eu vou com você.

— Ismênia...

— Eu sinto muito por não ter te ajudado — disse ela, os olhos enchendo d'água. — Eu sinto muito por não ter amarrado nossos destinos como deveria ter feito. Me desc...

Eu a puxei para um abraço, com força, nossas cabeças quase colidiram. Conseguia sentir o osso da mandíbula dela contra minha bochecha, os ombros frágeis sob meus pulsos. A vida nos fizera magras, mesmo vivendo na casa de Creonte. Éramos afiadas ao toque, mulheres como lâminas de faca.

— Não importa — eu disse. — Acha que quero que você sofra o mesmo destino que eu? Agora estou muito feliz por você não ter me ajudado.

Porém, ela balançou a cabeça e se afastou de mim.

— Eu não quero ir com você para poder me redimir — rebateu ela. — Eu quero ir para você não ficar sozinha.

— Suas razões não fazem diferença. Eu ainda não vou aceitar.

— Minha razão faz toda diferença do mundo — declarou ela, firme. — Não sou uma pecadora miserável usando roupa puída e suja. Eu sou sua irmã, que prefere viver alguns anos com você do que muitos sem você. É tão difícil assim entender isso?

Naquele momento, quis aceitar a oferta de Ismênia, e me senti envergonhada. Eu não queria morrer sozinha no vazio do espaço. Eu não queria ver coisas e não ter ninguém com quem compartilhar, não queria gritar e não ter ninguém para me ouvir. Não queria ser a primeira e a última de nós a conhecer a sensação de voar entre as estrelas. Havia uma tentação calorosa em aceitar, como se deixar levar pelo desejo de aninhar-se na cama em uma manhã de inverno. Porém, por trás do desejo, havia a culpa que eu sabia que sentiria se cedesse.

Ela segurou meu rosto com as duas mãos.

— Do que valem os anos? — perguntou ela em um sussurro, os olhos fixos nos meus. — Vou te contar um segredo, Antígona, algo que nunca contei para mais ninguém: eu fico *feliz* que o mesmo sangue corra nas nossas veias. Eu sou como um passarinho que se apaixonou pelo próprio reflexo. Fico aliviada cada vez que me vejo no seu rosto, e a nossa mãe, e o nosso pai. Se eu ficar aqui sem você, nunca vou poder ser o que eu deveria, e só vou ruir com o tempo, esperando pelo fim.

Ela sorriu, e percebi que minhas bochechas estavam molhadas.

— Se eu for com você — continuou ela —, nós vamos ter uma aventura breve e linda. Então deixe-me te dar isso. Deixe-me tirar isso de você.

Fechei os olhos. Meu rosto estava ardendo. Naquele momento, eu ouvira, só por um instante, não a voz de Ismênia, e sim a de nossa mãe. E me perguntei se talvez estivesse errada — talvez a imortalidade existisse, se minha mãe pudesse falar através de Ismênia. Se eu ainda pudesse ouvi-la, mesmo depois da morte.

Eu não conseguia falar. Em vez disso, assenti.

15

EURÍDICE

Naquela manhã, olhei para a lâmina de barbear de Creonte, secando na beirada da pia, e pensei no dia em que Hêmon fora implantado no meu corpo. Como eu pensara, durante uma hora, sobre o fim. Talvez fosse natural pensar sobre a morte quando se estava fazendo uma nova vida. Talvez não fosse. De qualquer forma, foi o processo que me levou adiante: simplesmente fiz o que eu deveria fazer até que o ímpeto passasse.

A Trirreme deveria ser lançada ao fim da manhã. Estava posicionada à beira de uma clareira, distante. A clareira ficava na encosta de um leve morro. Uma multidão aguardava no topo daquele morro, em um pedaço vazio da rua, cercado de prédios, não muito diferente de onde toda aquela situação terrível acontecera dois dias antes.

Fui até o prédio que ficava em frente à Trirreme e subi a escadaria de emergência até a varanda que tinha vista para a praça. Fui cuidadosa em ficar nas sombras, onde a multidão abaixo não pudesse me ver. Eles já estavam reunidos. Daquela distância, mais parecia que estavam ali para ver um espetáculo. As pessoas se reuniam para assistir a execuções desde o início dos tempos.

Eu tinha certeza de que aquilo era o que Creonte veria. Curiosidade mórbida para a maioria. Para outros, talvez, prazer. Eu conhecia as estranhezas que atormentavam nossa espécie. Talvez fosse esse o motivo de minha mãe ter se convencido de que eu era uma profeta — porque eu via tudo com clareza.

No entanto, por mais perto que estivesse deles, parada em uma varanda logo acima de suas cabeças, percebia que as pessoas não estavam ali pelo espetáculo. Elas se remexiam, inquietas. Murmuravam. Apontavam quando percebiam os guardas posicionados no perímetro da praça. À minha frente, elevada trinta centímetros acima da multidão, ficava uma plataforma que ficava entre as pessoas e o monte que levava até a Trirreme. Os guardas impediam que as pessoas subissem; era onde Creonte e Hêmon ficariam para observar a nave ser lançada.

A nave era enorme. Mesmo que estivesse distante, do outro lado da praça e descendo por um morro, agigantava-se acima de nós. Era maior do que a maior parte dos nossos prédios. Na noite anterior, eu acompanhara Creonte para verificar se tudo estava em ordem. As instruções dele, até aquele momento, eram de certificar de que a Trirreme estivesse pronta para ser lançada a qualquer hora. Ele nunca soubera quando o lançamento lhe seria mais útil.

Eu o acompanhara para persuadi-lo de que aquela não era a hora certa. Ele ficara com raiva de mim por contradizê-lo em público, durante a audiência, mas a raiva de Creonte era gélida, sem vida. Transformava-o em pedra, e agora ele não ouviria mais. Eu o conhecia e sabia que o colocara fora de meu alcance ao ousar discordar dele em um momento crucial, mas ainda assim precisava tentar. Não só por nossa sobrinha, Antígona, de quem eu gostava moderadamente, e não só por ser uma jovem mulher que quisera honrar o irmão — mas pelo próprio Creonte.

Essa multidão não estava reunida para um espetáculo.

Estavam reunidos para ver se a coisa que os horrorizara realmente aconteceria.

E não era uma multidão que favorecia Creonte.

— Fui informado de que você estava aqui em cima — disse Creonte, a mão tocando a base das minhas costas. — Para o que está olhando, esposa?

Nós fomos uma combinação amorosa. Meu pai fora negligente demais com seus deveres — perdido demais no álcool — para me arrumar um esposo. Minha mãe, esperando para ouvir cada palavra que eu falava, simplesmente faria o que eu dissesse. Minha prima me levou para uma festa, em um prédio abandonado no Distrito Neista. Naquela época, as pessoas morriam com mais frequência do que nasciam. Diversos prédios estavam abandonados. Vazios. Desmoronando. Se não fôssemos cuidadosos, diziam os analistas, nós perderíamos uma diversidade genética valiosa e não poderíamos sobreviver. Foi quando a regulamentação obrigatória de gerar filhos foi instaurada.

Só que a festa...

Não havia muitas garotas lá. Garotas respeitáveis não iam a festas, mas naquela época eu estava cansada de ser respeitável, então fui. Todos os garotos eram do exército. Era a única forma de parecerem limpos: os uniformes eram mais bem conservados, diferentes das roupas velhas de segunda mão e reformadas da maioria das pessoas. Creonte era um dos poucos que parecia precisar se barbear. O queixo dele era forte; assim como a tez. Quando fomos apresentados, ele se curvou de leve, como se eu fosse uma rainha. Os outros zombaram dele por isso, mas eu achei um gesto fofo. Havia algo carinhoso nele naqueles tempos. Constrangido. Seguro de si quanto ao trabalho, mas, comigo, sempre tão cuidadoso, como se pensasse que pudesse me quebrar. Era bom sentir que alguém cuidava de mim. Até então, eu sempre cuidara dos outros. Afinal, eu era a profeta de minha casa. A Escolhida por Deus.

No presente, desejei que Creonte me visse daquela forma, só por tempo suficiente para corrigir seus erros.

— Estou olhando para um tumulto se formando — eu disse a ele.

Uma última tentativa.

— Parecem bastante tranquilos.

— Pois não estão — disse, ríspida, e o encarei com firmeza. — Por anos você instruiu todos a valorizarem não a mente das pessoas capazes de gerar filhos, e sim seus corpos. Agora quer se livrar de um corpo porque ela se importa com o irmão...

— Porque ela *me desafiou*...

— Eles não veem dessa forma! Só veem que você está sendo irresponsável com um recurso precioso. Que você exige obediência sem um pensamento racional!

— Obediência — repetiu ele, colocando a mão no meu cotovelo e puxando-me para perto. — A obediência é crucial para nossa sobrevivência.

Fiquei tensa. Em todos os anos que passamos juntos, Creonte nunca me machucara, nunca me agarrara. Ele não era assim.

— Pode até ser — respondi, desvencilhando meu braço. — Mas você não pode forçar as pessoas a enxergarem o mundo como você.

Avistei Hêmon parado perto da plataforma. Ele se abaixou ao lado, então por um instante pensei que ele estava amarrando o cadarço, mas não... Ele estava olhando para algo embaixo da plataforma, algo que eu não via. Ele se endireitou e ergueu o olhar para a varanda onde estávamos. Eu não conseguia decifrar sua expressão dessa distância. Porém, eu via as coisas com clareza; sempre vira.

— Preciso falar com nosso filho — declarei.

Percorrendo a multidão, minhas suspeitas foram confirmadas. Havia um dinamismo em multidões que aguardavam em ansiedade ávida. Estava ausente ali. A tensão era como a de um dedo no gatilho, um fio esticado prestes a arrebentar. Um soldado me escoltou pela praça, mas ombros ainda batiam em mim por todos os ângulos. Vozes me perseguiram até onde Hêmon estava, nos aguardando na plataforma. O rosto dele estava angustiado. Quando colocou a mão no meu ombro, para me firmar enquanto beijava minha bochecha, ela tremia. Franzi o cenho para ele.

— Não sei o que você está fazendo — eu disse. — Mas se está te fazendo ter essa aparência tão doentia, tenho certeza de que você não quer fazer.

— Meu pai está prestes a matar minha noiva — respondeu ele. — Qual deveria ser minha aparência?

Não estava acostumada a ficar sem palavras, mas aquela era uma situação extraordinária. Espremi os lábios, e, então, Creonte já estava atravessando a multidão.

Ele vinha acompanhado de soldados, mas o alvoroço da multidão chegou ao máximo quando ele surgiu em meio a todos. As pessoas se aproximavam, apertando-se contra os homens que protegiam meu marido. Um homem se atirou em cima de Creonte, e a retaliação de um dos soldados foi rápida. Ele acertou a têmpora do homem com a coronha da pistola. O homem desmaiou contra a multidão, desaparecendo. Creonte chegou ao topo da plataforma enquanto a multidão rugia. Vi o homem machucado ressurgir com uma mancha vermelha de sangue no rosto.

Os gritos eram ensurdecedores. Os soldados seguraram as armas cruzadas com o corpo, transformando-as em uma barreira. Os olhos de Creonte estavam arregalados demais, o branco à mostra, quando ele olhou de volta para a Trirreme. Pegou o rádio do cinto e o levou até a boca. Não consegui ouvir o que ele disse, mas tentei alcançá-lo. Seu braço mais parecia aço sob a ponta dos meus dedos.

Nossos olhares se encontraram.

— Se fizer isso — eu disse a ele —, eles vão se rebelar.

A plataforma sob a Trirreme rugiu à vida. Uma chama acendeu-se sob a nave. A fumaça rodopiou na base. Ao ver o fogo, a multidão explodiu. A muralha de som se tornou algo concreto, me empurrando contra Creonte.

— Você está certa — ele disse para mim.

Foi como se meu corpo tivesse se transformado em água. Fraca de tanto alívio, eu me segurei nele. Sorri para meu marido, e por um instante ele me pareceu como era no passado, constrangido e carinhoso.

Ficaria tudo bem, ficaria…

Um homem atravessou a barreira de soldados e veio em nossa direção. Creonte virou-se para me proteger, e o rádio voou de sua mão. Quicou na plataforma e se partiu ao meio.

Nós dois encaramos o objeto. Mergulhei para recolher as peças, torcendo para que fosse apenas a bateria que caíra, mas estava partido ao meio, as partes esparramadas na plataforma.

— Mãe! — disse Hêmon. — Mãe, você precisa sair daí!

Ergui o olhar para Creonte, que encarava a Trirreme, horrorizado. Eu me ergui, deixando o rádio no chão, e o empurrei até o sopé do morro. Ele cambaleou para fora da plataforma, mal conseguindo manter o equilíbrio.

— Desça até lá! — gritei. — Vá!

Creonte começou a correr. Eu não o via correr assim havia muito tempo. Ele cambaleou pela ladeira enquanto a multidão invadia a barreira. Escutei o som de um tiro. Hêmon me agarrou pela cintura e me puxou da plataforma, a mão forçando para baixo. Alguém me atingiu com uma cotovelada na bochecha.

— Corra! — gritou Hêmon.

E então, a plataforma explodiu.

O som... o *som*, tão alto que preencheu toda minha cabeça e sacudiu meus dentes. A força nos lançou para a frente, contra uma mulher de cabelos cacheados grisalhos e um homem com uma bandana ao redor da cabeça para segurar o suor. Juntos, Hêmon e eu fomos ao chão. Alguém caiu em cima de mim, os joelhos forçando contra minha perna. Bati a cabeça na calçada, e a chuva de destroços era afiada, fazendo meus ombros e costas arderem.

Ergui a cabeça bem a tempo de avistar uma bola de luz se expandindo ao redor da base da Trirreme.

Creonte não chegara a tempo. A nave estava decolando.

Hêmon gritou. Eu não conseguia ouvi-lo — tudo estava abafado —, mas vi a agonia em seu rosto, como a lenha partida por um machado. Ele oscilou, ficando em pé, acima dos destroços, indo até a base do morro. Ele devia saber que já era tarde demais para fazer qualquer coisa. Tentei segui-lo, mas minhas pernas não obedeciam. Uma mão se fechou ao redor do meu braço, um soldado me puxando para cima. Eu o reconhecia — Nícias, chefe da guarda de Creonte. Ele falou comigo, e observei sua boca se mexendo, mas não consegui distinguir as palavras.

Consegui entender "vamos", e ele me deu apoio para que eu conseguisse ficar em pé. Olhei para trás e vi Hêmon sendo engolido pela multidão em fúria, e Creonte na montanha, sozinho, e a faixa da Trirreme que subia ao céu.

Por muito tempo, fiquei sozinha.

Nícias me carregou como uma noiva até em casa. Àquela altura, eu já me recuperara o bastante para conseguir andar. Bati em seu ombro para que me colocasse no chão; ele se recusou a me ouvir. Conseguia ouvir minha própria voz, embora soasse distante. Ele me levou pela mão até uma sala segura embaixo da casa e me sentou lá, na cama baixa do canto, e me deu água, procurando por machucados. Queria agradecê-lo, mas não sabia se tinha conseguido falar ou não. Ele me deixou ali, prometendo que me traria notícias.

Pareceu que muito tempo se passou antes de algo mudar. Meu copo d'água estava vazio. Meus pés sangravam, e meu corpo doía. A porta do abrigo se abriu, e não foi Creonte que a atravessou. Foi Nícias. A expressão dele estava vazia.

Um vazio controlado — o rosto de alguém que não queria se entregar. Fiquei em pé, o estômago embrulhado.

— Qual deles? — perguntei, porque eu sabia, sabia que alguém tinha morrido, e só podiam ser algumas pessoas.

No instante antes de ele responder, rezei para que fosse Creonte. Uma mulher pode se apaixonar mais de uma vez, mas não se pode substituir um filho. Aquele pensamento pareceu quase brutal demais para mim, mas o luto nos deixava expostos, até para nós mesmos. Rezei para que meu marido estivesse morto, porque eu sabia o que aconteceria depois: sabia onde deveria pegar o Extrator para recolher seu icor, quais roupas vestiria em meu período de luto, como eu faria a procissão pelas ruas com meu filho ao meu lado até o Arquivo. Todas as mulheres em nossa cidade sabiam qual era o processo de perder um esposo.

Só que não existem processos para perder um filho.

Foi por isso que quando Nícias hesitou em responder, senti um golpe concreto nas entranhas. Cambaleei para trás e me sentei na cama. *Não*, pensei, e então fiquei em pé.

— Me mostre — eu disse.

Juntos, subimos os degraus até o corredor acima. Deveria estar um caos, com a criadagem correndo para todos os lados, como sempre era o caso durante emergências. Em vez disso, tudo era silêncio. Todos por quem passávamos evitavam meus olhos. Segui Nícias até o pátio.

Meu filho estava no chão, e me recordei de uma lembrança específica. Hêmon, aos oito anos, em uma noite clara, me pedindo para ver as estrelas. Nós subíramos ao telhado do prédio, na época um apartamento no Distrito Sétimo. A lua era crescente — *como uma unha do pé cortada*, Hêmon comentara, e eu dera risada. Nós nos deitamos no telhado, encarando o céu noturno até que as nuvens soprassem outra vez e nosso nariz estivesse gelado.

Por um instante, o tempo se fragmentou, e eu o vi como aquele menino de oito anos sobre o telhado. E então o tempo voltou, e eu sabia que aquele era seu corpo, e meu garoto, meu amor, meu filho mais amado e precioso, estava morto.

Ainda estava ajoelhada ao lado dele quando Creonte voltou.

Já era fim de tarde, e eu estava entorpecida. Não conseguia sentir os pés ou as mãos. Não sentia dor.

Ergui o olhar para aquele homem, meu marido, parado ali no pátio em tormento.

— Eurídice — suspirou ele.

Eu me levantei. Minha visão ficou escura, só por um instante, enquanto o sangue corria de volta para as extremidades. Quando consegui ver outra vez, ele esticava as mãos para mim. Eu dei um passo para trás.

— Me olhe com atenção, Creonte — eu disse, minha voz ainda distante e áspera, como se tivesse gritado esse tempo todo. — Porque você nunca mais me verá de novo.

Ao crepúsculo, levei o icor de meu filho para o Arquivo.
Depois, continuei andando até chegar ao deserto.

16

ANTÍGONA

Eu imagino que seja um pouco como o horror de nascer.

Afinal, chegamos ao mundo aos gritos. Existe o *calor* e a *segurança*, e então há movimento e pressão, tão intensos que mal podemos suportar. E então, tudo fica alto e iluminado e estranho, e não podemos evitar gritar com toda força de nossos pulmões.

Ismênia grita durante a decolagem. Eu não a culpo. É um sentimento impotente e intenso. Como ser atirado, como nos sonhos em que estou caindo e me apavoro com meu próprio peso. O medo me domina, afiado e ardente, e eu trinco os dentes para me firmar. Ismênia soluça enquanto irrompemos pelas nuvens. Eu gostaria de estar soluçando, mas meu corpo se tornou uma prisão, e não consigo me mexer.

Fico observando pela escotilha enquanto a Terra aparece abaixo.

Não me ocorreu até este instante que eu vivia dentro dela. Sempre pensei em meu planeta como algo *no qual* eu vivia. Porém, segurando as alças do cinto que me mantém firme no lugar, penso que não, eu estava dentro dela. Dobrada em algum ponto entre a atmosfera e a superfície, como se estivesse entre um colchão e um cobertor. Só que existem profundezas nela que desconheço, e camadas que nunca considerei. Ela é uma entidade complexa que, no fim, conheço tão pouco. Eu a observo tornar-se distinta de mim, e a meu ver, a gravidade era um tipo de cordão umbilical que nos mantinha ligadas ao nosso planeta, e agora esse cordão foi cortado.

Então é claro que tenho medo. Nada é mais assustador do que perceber de súbito que você é uma coisa nova.

Estico o braço na direção de Ismênia e agarro a mão dela.

— Eu estou aqui — digo, e é uma coisa sem sentido, apenas palavras para preencher o espaço, mas parece ajudá-la.

Ela vira a palma da mão e entrelaça os dedos aos meus.

— Eu estou aqui — repito, dessa vez para mim mesma.

AGRADECIMENTOS

Em primeiro lugar, não é possível escrever uma releitura de *Antígona* sem falar de Sófocles. Caramba, que peça! Em segundo, preciso reconhecer Eurípedes e Ésquilo pelo material de apoio (embora a versão de Eurípedes da peça, é claro, tenha se perdido no tempo). Se você não leu o original, por favor, vá fazer isso.

Obrigada a Lindsey Hall, por seu entusiasmo, sabedoria e desespero induzido pelos livros (mas, assim, de um jeito positivo). Joanna Volpe, obrigada por sempre estar imediatamente de acordo com uma ideia quando apareço aleatoriamente na sua caixa de e-mails com novos sonhos.

Obrigada a toda a equipe da Tor, especialmente: as feitiçarias dos bastidores realizadas por Rafal Gibek, Dakota Griffin, Steven Bucsok, Rachel Bass e Aislyn Fredsall; espetáculos de marketing e publicidades criados por Sarah Reidy, Renata Sweeney e Emily Mlynek; leituras focadas nos detalhes feitas por Lauren Hougen, Su Wu e Lauren

Riebs; beleza exterior e interior cortesia de Greg Collins, Katie Klimowicz e Pablo Hurtado de Mendoza; e aos capitães de diversas embarcações Eileen Lawrence, Lucille Rettino e Devi Pillai.

À equipe da New Leaf! Jordan Hill, por seu apoio e olhar afiado. E, é claro, Meredith Barnes, Emily Berge-Thielmann, Jenniea Carter, Katherine Curtis, Veronica Grijalva, Victoria Hendersen, Hilary Pecheone e Pouya Shahbazian por todo o trabalho que fazem em todos os meus livros.

A Kristin Dwyer, por continuar arrasando, e por todos os GIFs de *Duna* que uma garota poderia pedir.

A Adele Gregory-Yao, por me manter na linha. A Elena Palmer, pelos comentários cuidadosos.

A Nelson, por imediatamente ler *Antígona* quando coloquei o livro na sua escrivaninha no ano passado, demonstrando sua disposição para me acompanhar em todos os caminhos estranhos.

Aos meus amigos e familiares, por sempre me apoiarem.

A Robert Bagg, pela primeira tradução que li de *Antígona*, e a Anne Carson, pela tradução que me fez redescobrir meu interesse.

Vasculhei meu cérebro tentando descobrir qual professor, especificamente, me apresentou a essa peça durante o ensino médio... e não consegui descobrir. Porém, a quem quer que seja: obrigada por nutrir minha paixão por essa história.

E, por fim, obrigada a S., por me falar "escreva!"... sem você, eu não teria escrito.

LEIA TAMBÉM

AUTORA DA SÉRIE DIVERGENTE, BEST-SELLER MUNDIAL
VERONICA ROTH
GAROTA-PROPAGANDA

A BUSCA POR UMA GAROTA DESAPARECIDA...
E OS SEGREDOS SOMBRIOS REVELADOS PELO CAMINHO.

Planeta minotauro

O que é certo é certo. Sonya Kantor conhece muito bem esse slogan.

Durante décadas, essa frase permeou o dia a dia de todos os habitantes da megalópole Seattle-Portland, controlada pelo regime autoritário da Delegação. A maior forma de controle, no entanto, vinha do Insight, um implante ocular que permitia acompanhar tudo o que era feito e dito pelos cidadãos, punindo os que desrespeitavam as regras e recompensando os que as seguiam.

Mas isso foi há muito tempo: uma revolução tirou a Delegação do poder, libertando todos da vigilância do Insight. Os membros mais importantes do antigo regime foram enviados para Abertura, uma prisão isolada nas fronteiras da cidade. Presa há dez anos – e condenada à prisão perpétua –, Sonya, antes a garota-propaganda oficial da Delegação, recebe a proposta aparentemente irrecusável de um velho inimigo: encontrar uma garota desaparecida que foi roubada dos pais pelos agentes da Delegação para, em troca, ganhar a liberdade que antes parecia impossível.

O caminho que Sonya percorre para achar a menina a conduzirá pelo estranho e tortuoso mundo pós-Delegação, em que segredos sobre si mesma e sobre sua família estão à espreita.

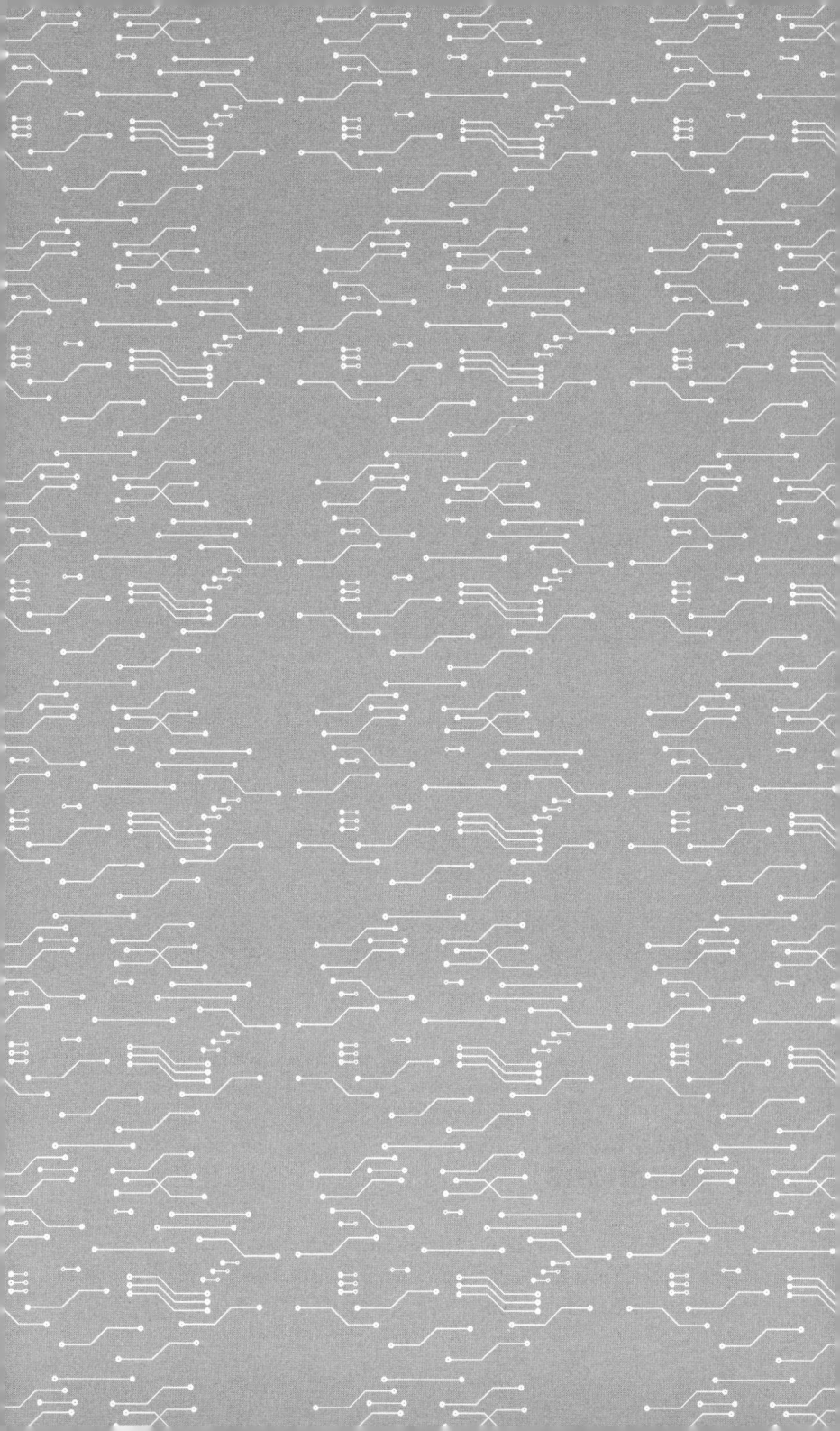

**Acreditamos
nos livros**

Este livro foi composto em Adobe Garamond e Swiss e impresso pela Lis Gráfica para a Editora Planeta do Brasil em outubro de 2024.